17歳のビオトープ

清水晴木
Haruki Shimizu

幻冬舎

17歳のビオトープ

装画　ふすい　　　装幀　bookwall

contents

第一話

恋と愛の違い

「恋と愛の違いはなんだと思いますか？」

今日、私は恋愛相談に来た。それなのになぜだろう。こんな哲学的な質問を逆にされる羽目に陥っていた。

「恋と、愛の違い……？」

難しい。とても難しい……。恋と愛を合わせて恋愛と書くし、その二つに違いなんてないと思っていた。

それでも目の前に立つ人生《じんせい》先生は、私をまっすぐに見据えて答えを待っている。

「えっと、よく分からないかも。普段からそんなこと考えてないし、そもそも違いなんてあるのかな？」

やっぱり答えは出せない。人生先生は「そうですか」と呟《つぶや》いてからまた新たに質問をする。

「それでは、藤崎《ふじさき》さんは普段はどういうことを考えているんですか？」

「どういうことって……」

改めてそう言われてみると、それもまた難しい質問だ。普段私が考えていること……。

「好きな音楽とか、ＳＮＳで流行《はや》ってることとか、昨日見たテレビとか、友達のこととか、それこそ恋愛とかかな」

私が思いつくままに答えると、人生先生は小さく相槌《あいづち》を打ってまた「そうですか」と言った。今度は私が質問をしてみる。

「逆に人生先生は普段はどんなことを考えているの？」

するとと人生先生はその質問に答える代わりに、小さく首を横に振って言った。

「私は先生ではありませんよ、藤崎さん」

「でもみんなそう呼んでるもん」

確かに人生先生は、この奏杜《かなでもり》高校の先生ではない。——校務員である。

授業や担任のクラスを持つことはなく、普段は清掃や管理など、この学校の環境を整備することに従事しているのだ。

それでも人生先生と呼ばれているのには理由があった。人生先生は以前から、生徒の色んな相談に乗っていて、他の先生は言わないようなアドバイスをしてくれたり、問題を解決してくれたりすることがあるため、いつの間にか先生と呼ばれるようになっていたのだ。平《たい》人《ら》生というチャーミングな名前も関係したのかもしれない。みんな親しみを込めて人生先生と呼んでいる節があった。

そして私も、今日は昼休みを使って恋愛相談に来ていたのだ。

「そうですか。では、好きにしてください。この学校の教員ではありませんけど、先に生まれたのは確かですから。……まあ、ただそれだけのこととも言えますが」

そう言って人生先生は目頭にかかった髪をほんの少しかきあげた後、「話を元に戻しましょうか」と言葉を続ける。

「藤崎さんは、同級生の飯野《いいの》君と、年上の東山《ひがしやま》さんという二人の男性から好意を寄せられてどうすればいいのか悩んでいる、ということでしたよね」

「そうだよ、その相談をしに来たはずなのに……」

飯野君は私と同い年の隣のクラスの男の子。そして東山さんは私の五歳上の二十二歳、大学四年生の男性だ。

飯野君は普段から何かと私のことを気にかけてくれていて、とても優しい男の子だ。かたや東山さんは大人の魅力というか、一緒にいるとドキドキすることが多い。私がバイトするカフェにお客さんとして来たのが初めての出会いで、それから連絡を取るようになった。

普段なら悩まずに相手に流されるまま、ことが進んだかもしれないけれど、人生先生のもとにわざわざ相談に来たのには理由があった。

「えっと、とにかく私今回は失敗したくないの」

「失敗したくない、ですか……」

「そう、私それなりに恋愛経験はあるからさ、だけどあんまり良い思い出もなくて、特に別れ際とか……、だから恋と愛の違いっていうことで言えば、私は今度は愛をちゃんと選びたいな、恋じゃなくて」

「恋では駄目なんですか？」

「だってほら、なんとなくそうでしょ……、恋よりも愛の方が深いっていうか、どっちかっていうと愛の方が恋より上みたいな……」

「それはどうでしょうね。恋も純粋で美しくて素晴らしいものだと思いますよ。だからこそ恋と愛は優劣よりは、もっと違った部分で語ってもらえると嬉しいですが」

「……人生先生さ、そんなに恋とか愛とかストレートに語って恥ずかしくならない？」

「恥ずかしくなんてありませんよ。そんなことより、藤崎さんが、少しずつ恋と愛の違いについて考え始めてくれたことの方が大切です」

「それは……」

確かに私も恋より愛の方が深いとか言い始めていた。いつの間にか人生先生のペースに乗せられている……。

「……その質問をするってことは、人生先生は答えが分かってるんでしょ？　先に人生先生の恋と愛の違いについての答えを教えてよ」

答えを聞いた方が間違いなく手っ取り早い。問題も解決することができるし一石二鳥のはずだった。

でも人生先生は首を大きく横に振って言った。

「答えをすぐに求めてはいけません。自分で考えることが大事なんです」

「えー、そんなこと言われてもなあ……」

「時間をかけてもいいのでゆっくり考えてください」

「今はタイパの時代だよ、効率よく時短でいかなきゃ。考えるよりも先に答えを教えてもらった方が楽だもん」

「そんな楽をする必要はありません。そして考えるのをやめてはいけません。生死に直結しないことに対して、深く悩んで考えられるのは人間に許された贅沢《ぜいたく》の一つですよ」

「そんな贅沢いらないんだけどなあ……」

粘っても答えは教えてもらえないみたいだ。でも今まで相談してきた人も似たような対応をされたと聞いてはいた。人生先生は何か直接的なアドバイスをする訳ではなく、私たちに何か考えさせるような質問をするのだ。

ちょうどその時、昼休みの終わりを告げる予鈴《よれい》が鳴った。

「午後の授業がもう少しで始まりますよ、相談の続きはまた今度にしましょう。私がした質問を今一度よく考えてみてください」

「よく考える……？」

「ええ、時間を使って納得のいく答えが出るまで考えてください。藤崎さんならきっとできます」

そう言って人生先生が私を見つめてから、またほんの少し目頭にかかった髪をかき上げた。こんなところにも、色んな生徒が相談しに来る理由があると思う。人生先生は真摯《しんし》に対応してくれるうえに、人目を引くような端整な顔立ちをしているのだ。それに背が高くてスタイルも良い。力仕事も多いから華奢《きゃしゃ》な訳ではない。でも逆に言えば、完璧すぎて隙がないので、どことなく冷たいような印象もあるのは事実だった。

そんな姿から視線を離せないでいると、人生先生のズボンのポケットから意外なものが飛び出してきた。

「あっ」

お菓子のブラックサンダーだ。パッケージをさっとむくと、そのまままるごと頬張って、どこか満足そうな表情を浮かべる。

「……こんな時にブラックサンダー食べる先生、他にいませんよ」

私がそう言うと、もう一つブラックサンダーを取り出して、口止めするように渡しながらこう言った。

「私は先生ではありませんよ、ただの校務員です」

○

この日の授業に身が入らなかったのは、人生先生のせいだと思う。私はずっと、さっきの質問のことを考えていた。

恋と愛の違い？

そんなの今まで考えたことなかった。だけど答えを出したいという気持ちはある。そうすることで、目の前の問題を解決できる気がしたからだ。

ただ、答えを出すのはやっぱり難しそうだ。正直こっそりネットで検索とかしてみたい。きっと色んな人が答えているはずだ。ＡＩに尋ねてみてもいい。でもそれだと、人生先生との約束を破ってしまうことになる……。

「はぁ……」

ため息をついたのは、答えにたどりつけそうになかったからだけではない。

「最悪……」

下駄箱のところまでやってきた時、傘を盗まれたことに気づいたのだ。

今日は朝から雨が降り続いていた。だからみんな傘を持ってきているはずだし、私が持ってきたのは折り畳み傘だったから、盗まれるはずなんてないと思っていた。でも不用意だった。

傘パク。盗んだ側は「傘くらい」って程度の気持ちなのかもしれないけど、盗まれた側のダメージはとてつもなく大きい。というか本当に腹が立ってくる。授業が終わった後も一人で考え事をしていたから、いつも一緒に帰る友達もいない。このままでは雨に濡れながら帰ることになる。五月のそれなりに暖かい日の雨とはいっても、濡れるのは嫌だ。どうしよう、近くのコンビニまで走るか……。そう思った時だった。

「藤崎さん、傘持ってないの？」

「あっ飯野君」

私の名前を呼んだのは飯野君だった。人生先生の相談に名前を出した男の子。隣のクラスだけど、帰りの時間が重なることがここ最近多かった。今日もタイミングが合ったみたいだ。

「忘れたっていうかパクられた」

「……それはキツいね、傘パクって軽い言い方だけど、もっと重罪でいいよね」

私と似たようなことを飯野君も思っていたみたいだ。タイミングだけじゃなくて気も合っている。飯野君はやや緊張した様子で言葉を続けた。

「……そしたら、傘一緒に入っていく？」

「えっ！」

「あの、良かったらだけど……」

「ありがとう。ぜひ入らせて！」

願ってもない提案だった。遠慮なく入らせてもらうことにする。

そして相合傘《あいあいがさ》で一緒に下校をすることになった。

「……明日は雨止むといいね」

学校を出てから二つ目の信号で止まった時、飯野君が言った。

「明日は晴れるみたいだよ、さっきアプリで見たから」

「そうなんだ、良かった」

「ねっ、良かった……」

当たり障りのない会話が続く。勢いよく傘に入らせてとは言ったけど、この接近した状況に戸惑ってもいた。なんとか会話を繋げたい。変な空気にならないためにも……。

「……飯野君はさ、恋と愛の違いって分かる？」

言ってから失敗したと思った。この状況であまりにもセンシティブな質問をしてしまった。まるで恋愛トークを直球で始めてしまったようなものだ。

「恋と愛の違い……」

明らかに飯野君も戸惑っている。やっぱり失敗した……。

それでも飯野君は少し考えた後にちゃんと答えてくれた。

「恋は、なんだかドキドキするものだと思う。愛はなんだろう、もっと安心感というか、幸せというか……。ごめん、なんだか上手くまとまらないや」

そう言ってはにかむように笑った。でも私にとっては、それだけで充分だった。

「ううん、すごく参考になった！　というか分かる。私も思うもん。なんかそういう風に心の中の気持ちの違いみたいなの、あるよね」

上手く言葉にまとめられないところも含めて、本当に共感した。特に恋はドキドキするもの、っていうのは納得できる。相手のことを考えたり、見かけただけで胸の奥がきゅうっとなるのは、やっぱり恋って感じだ。

「参考になったなら良かった」

飯野君が笑った。なんだか安心するような温かさがその表情の中にある。私もその顔を見られると嬉しくなってしまう。

――これは恋？

――それとも愛？

ドキドキっていうよりは、安心感があるから愛に近いのだろうか。今の私にはよく分からない。ただ、東山さんと一緒にいる時の感覚とは違うのは確かだった。

「雨もそんなに悪くないよね」

飯野君が降り続ける雨を見つめて穏やかな顔で言った。

それは私とこうやって一緒にいられるから？　なんて質問は恥ずかしくてできる訳ないけど、私も同じことを少しだけ思った。

傘をパクられるのもそんなに悪くない。

いや、それはやっぱり言いすぎかもしれない。

○

自分の気持ちを確かめることと、人生先生から出された質問の答えを考えるうえでは、この週末の土曜日は絶好の機会だった。

というのも東山さんと初めてのデートの日なのだ。今まではお店でお客さんと店員として話すだけだった。それからLINEで何度かやり取りをして、二人で初めて出かけることになった。

待ち合わせ場所の海浜幕張《かいひんまくはり》駅のバスロータリーで一人、私はドキドキと胸を高鳴らせている。いつもの自分の心臓ではないみたいだ。ジェットコースターで頂上まで上がっている時のような、そんなドキドキ。

正直このドキドキは、飯野君も言っていた、恋してるって感じがとてもする。この感覚は飯野君と一緒に相合傘をしている時にはなかった。だとしたら私は飯野君に恋はしていないのだろうか、それとも……。

「やあ、葵《あおい》ちゃんお待たせ」

そんなことを考えていたタイミングで、東山さんが目の前に現れた。

「こ、こんにちは」

ベージュのワイドパンツに紺色のニット。それに銀色のクロノグラフの腕時計。お店に来る時よりも大人っぽい格好で、なんだかこちらが緊張してしまった。小さな花柄をあしらった控えめな肩出しのワンピースを選んできたけれど、大丈夫だろうか……。

「じゃあ、行こうか」

でもそんな端々から漏れ出る大人の余裕に惹かれているのも確かだった。東山さんはエスコートするように行く方角へと手を差し向ける。

「は、はい」

私が歩き出してから、東山さんも歩き始める。

そしてデートが始まった――。


「葵ちゃん上手だね」

私たちが来たのはカラオケだった。私が一曲目を歌い終わった後に東山さんがそう言ってくれた。先にマイクを使って声を出せば緊張がほぐれると思って、私の方から歌わせてもらったのだ。十八番のヨルシカの『ヒッチコック』を歌ったのも良かった。それに東山さんも褒《ほ》めてくれたし、このデートを楽しむ余裕が少しだけ出てきた気がする。

「じゃあ次は俺の番か」

東山さんが、マイクを手に取る。既に入れていたのは優里《ゆうり》の『ドライフラワー』だ。

東山さんの声がカラオケの部屋の中に響く。室内に設置された照明は音楽に合わせて明かりが変わる仕様だった。

赤、青、黄、緑、さまざまに色が変わっていく。でもそんな中で私はあることに気づいた。

――年上の男の人と二人でカラオケに来るの初めてだ。

状況はさっきと何も変わっていないはずなのに、密室の空間に東山さんと二人でいることに気づいてしまってから、また胸がドキドキと音を立て始める。いつも友達と来ている場所だからそんなに緊張するはずないと思っていたのに……。

今は東山さんの歌声が聞こえる。

私の耳の中に響いている。

私だけが、東山さんの声を聞いている――。

「ふぅ……」

私が小さく拍手をすると、歌い終えた東山さんが、さっきよりも近い場所に座ってから言った。

「葵ちゃんは、何飲んでるの？」

「……ウーロン茶です」

やっぱり距離が近い。本当に何を飲んでいるのか訊《き》きたかったのだろうか。一緒にドリンクバーに行った時に、私が何を選んだか知っているはずだけど……。

「俺さ、まだウーロンハイの旨《うま》さが分からないんだよね」

「ウーロンハイ、ですか？」

「うん、あっ葵ちゃんはお酒の味自体分からないか」

「そうですね、甘酒くらいです」

「甘酒って、可愛いな」

可愛いって言われたのは甘酒のことで、私が可愛いと言われた訳ではないけど、なんだか照れてしまう。というかずっとしおらしい態度でいる自分が不思議だ。家族や他の友達といる時とは全然違う。

こうやって自分が変わってしまうのが恋なのかもしれない。

もしかしたらお酒を飲んだ時の気分って、こんな感じなのかな。ウーロンハイでハイになる。少しふわふわとして頭がポーッとするような感覚。きっとこの少し薄暗い密室の空間のせいもある。

いつの間にかさっきまで喋《しゃべ》っていた東山さんが、黙って私をまっすぐに見つめていることに気づいた。

ドクン、ドクン――。

今日一番の胸の高鳴り。

ドクン。

これは恋?

ドクン。

これは愛?

ドクン——。

——その時だった。

「あっ」

声をあげてしまった。

「……どうしたの？」

東山さんが不思議そうな顔をして私を見つめる。

何か起きた訳ではなかった。というか私が勝手に目の前のあることに気づいただけだった。

至近距離で顔と顔を合わせて初めて分かってしまったのだ。

——東山さん、鼻毛出てる。

「……えっと、その」

言える訳がない。口走った途端にこの空気はぶち壊れてしまう。でも私の胸の中では既に変化が起きている。さっきまではち切れんばかりにドクンドクン音を立てていた心臓が今は、ドクン？　ドクン？　と疑問を持ちながら脈を打っているようだった。

「次、私歌います！」

とりあえず話を切り替えたくて言った。今は真正面に顔を合わせることはできない。画面に流れるよく分からないカラオケの映像と顔を合わせていたかった。

「し、新時代、始まるぞー！」

Adoの『新時代』を入れてテンションを上げていこうと思ったのは、さっきの雰囲気のままだと笑ってしまいそうだったからだ。コメディーチックな中での鼻毛はオーケーだけど、ロマンチックな雰囲気での鼻毛は無理だ。無理ゲー。鼻ゲーだ。ヤバい、そんな変な言葉が頭の中で思いついてしまう。歌って誤魔化《ごまか》そう。

カラフルに光る照明がさっきまでとは違って、やたらチープに感じるから不思議なものだった。

○

「はぁ……」

鼻毛なんて関係ないと思った。同じ部屋の中にいて顔と顔を突き合わせなければ気づかないくらいのものだ。そんなことで私の気持ちは揺らがないと思っていた。

でもその後に良くないことのコンボが続いた。一つ目はカラオケの会計で、東山さんがクーポンを取り出したことだ。スマホで表示するようなクーポンだったら、私も何も気にしなかったかもしれない。でも東山さんが取り出したのはチラシから切り取った紙のクーポンだったのだ……。

なんかちょっと嫌だった。実際倹約家というか、経済的なのはいいのかもしれないけど、せめて私の見えないところでやってほしかった。ポケットから取り出して紙がくちゃくちゃになってたのも嫌だった。

二つ目はカラオケを出た後だった。バスロータリーのある広場の前に出て、これからどうしようか、となった時、東山さんのスマホが鳴った。

その第一声に私は驚きを隠せなかった。

「あっママ？」

東山さんは、はっきりとそう言った。とても仲よさげで、私には見せたことがないような笑顔で喋っていた。

なんかちょっと嫌だった。実際仲が良いというか、母親想いなのはいいのかもしれないけど、せめてお母さんと呼んでほしかった。更に東山さんの電話は少しだけ長くて、その間私は一人ぼっちだった。一人で東山さんの話し声を聞いている間はとても虚しかった。

デートはそこでお開きとなった。私は夜ご飯も食べるつもりだったけど、東山さんは夜ご飯は家でお母さんと食べるみたいだ。

「……」

一人、海浜幕張駅のバスロータリーに残された。お腹はとても減っていたけど、それ以上に胸が妙なものでいっぱいだった。

鼻毛、クーポン、ママ――。

他の人からしたら意味不明な三つの単語が自分の中で渦巻いている。

「でもなあ……」

今日の出来事は、恋とか愛とかそれ以前の問題だと思ったけど、ふと気づいたことがあった。

もしもこれが愛だったとしたら、こんな些細《ささい》なことで冷めてしまうのかな?

私の中で愛は恋よりも深くて強いものだと思っている。ドキドキが強いって訳ではなくて、まだ上手く言葉にはできないけど、なんか気持ちみたいなものが強いのだ。ちょっとやそっとのことじゃ変わらないものだと思っている。それこそ、鼻毛やクーポンやママなんて関係ないのだ。

でもこれが恋だったら、冷めてしまったのにも納得がいく。

恋は愛よりも熱しやすく冷めやすい気がするから。

恋はすぐに冷めるもの。

愛はずっと熱いもの。

これが私なりの答え?

でもなんかまだ少しだけ違う気がする。恋だってそんなに悪いものではないはずだし……。

「藤崎さん」

そんな考え事をしていた時、ふと声をかけられた。

「飯野君」

飯野君だ。私を見つけてそばに駆け寄ってくる。

「こんなところでどうしたの？　僕はさっきまでシネプレックスで映画観てたんだけど」

「あっ、そうだったんだ」

偶然の出来事だった。でもなんて答えようか迷った。さっきのデートのことはあまり口に出したくなかったから。

「……私は買い物かな、アウトレットで服とか見てたんだ」

「そうだったんだね、こんなところで会えるなんて奇遇だなあ」

飯野君が屈託のない表情で言ったので、嘘をついたことに少し罪悪感があった。飯野君は、お腹に手を当ててから言葉を続ける。

「藤崎さんはお腹空いてない？　僕、お腹ぺこぺこでさ、ハンバーガーでも食べにいこうよ」

飯野君が指差した先にはロッテリアがあった。

「うん、行こう！」

傘の中に入れてくれた時みたいに願ってもない提案だった。お腹が空いていたのもあって、ロッテリアの中に入って早々に注文する。飯野君がスマホのクーポンを使ってくれたおかげで、私もちょっとだけ安く注文することができた。飯野君がクーポンを使っても何も思わなかった。年齢の違いとかそういうことだけではないと思う。

きっと、飯野君だから思わなかったのだ。

「これ、ポテト半分ずっこしようよ」

私がそう言うと、飯野君が小さく笑った。

「藤崎さんって、半分こじゃなくて半分ずっこって言うんだね」

「あれ、おかしい？　半分ずっこって言わない？」

「半分ずっこって方言らしいよ。色んなところで使われてるみたいだけど、千葉とか関東で一番使われてるんだって」

「えっそうなんだ、千葉の方言でもあるんだ！　じゃあこれから公《おおやけ》の場では半分ずっこじゃなくて、半分こって言うようにしないとなあ」

「公の場で半分こって言う機会あんまりないと思うけどね」

飯野君がそう言って、お互いに同じタイミングで笑った。

今はドキドキなんてしていない。むしろ安心感に包まれてるみたいだった。さっきよりも随分居心地が良い。口を大きく開けてハンバーガーを頬張るのだって全然気にならなかった。

――この安心感は、恋よりも愛に近い気がする。

だって今私は、この場所にもっと居続けたいと思っている。

このまま変わらなくてもいいと思っている。

それから飯野君が言葉を続けた。

「でも藤崎さんにはこれからも半分ずっこって言ってほしいけどな」

「えっなんで？」

私が訊くと、飯野君はロッテリアの看板メニューのエビバーガーのエビみたいに顔を紅潮させて呟くように言った。

「……だって、その方が可愛いから」

その言葉を聞いて、私の顔もエビみたいになっていたと思う。

○

その日から、前よりも飯野君のことを意識するようになった。以前から気にはなっていたけど、今は自分の行動が変わりつつあった。

廊下に出た時に、ふと隣の教室に視線を送っている自分がいる。たまたまタイミングが合って視線が重なると、なんだか二人だけの周波数がぴたりと合ったようで嬉しくなった。

帰りの時間も前よりもっと重なることが多くなった。雨が降っていなくても、相合傘をしている時と同じ距離感で並んで歩いている。昨日テレビ何見た？　とか最近どんな音楽聴いてる？　とかそんな些細な話をするのがとても楽しかった。津田沼《つだぬま》駅までの帰り道はいつもあっという間に時間が進んだ。

それでもドキドキが強くなっているという感じはしなかった。温かくて柔らかなものに包まれている気がする。いわゆる安心感だ。私はドキドキよりこっちの方がいいなって思う。ずっと一緒にいられる気がするし、このまま変わらないでいたいと思う。

だからこそ、これが愛に近いものなんじゃないかなって思い始めていた。

——放課後、私は再び人生先生のもとを訪れていた。人生先生は二階の地学室前にいた。廊下の蛍光灯を取り替えようとしているところだった。

「人生先生」

私が声をかけると、梯子《はしご》に乗ったまま振り向かずに人生先生は言った。

「もう少しで終わるので待ってください」

人生先生が天井に手を伸ばす。それから無駄のない鮮やかな動きで作業をこなしていく。作業が終わると、梯子から降りて私を見つめて言った。

「どうしましたか、藤崎さん？」

「前に人生先生に言われた質問に、私なりの答えが出た気がして……」

「そうですか、それは素晴らしいですね。ぜひ聞かせてください」

人生先生がほんの少しだけ明るい声になって言った。

「恋と愛の違いについてだけど……」

言葉にしてみると、やっぱり照れる。恋と愛の違いなんて、普通は考えないものだ。実際、人生先生に訊かれるまでは考えたことがなかった。

でも今は質問をされてよかったとも思っている。

考え続けるうちに、目の前の問題にも一緒に答えを出せた気がしたから——。

「——恋は変わることで、愛は変わらないことなんだと思います」

「恋は変わることで、愛は変わらないこと……」

人生先生が私の言葉を繰り返してから、とても興味深げに言葉を続ける。

「藤崎さん、ぜひその答えの続きを聞かせてください」

私はこくりと頷《うなず》いてから話し始める。

「……恋した時って変わるんです。好きな人がいるってだけで気分も変わるし、それに相手を振り向かせたいから、可愛くなろうとしたり、大人びて見せようとしたり、自分自身変わるんです。それって純粋でとてもまっすぐな素敵な気持ちだと思います。でも変わるってのはいいことだけじゃなくて、ちょっとしたことでその気持ちがよくない方へ変わっちゃうこともあるんです。些細なことで急に恋心が冷めたり……。だけど、愛は変わらないことだと思いました。小さな問題から大きな障害まで、どんなことがあっても変わらずにずっと相手を愛し続ける。それが愛だと思ったんです。永遠の愛って言うことはあっても、永遠の恋って言うことはないですもんね。永遠って言葉が似合うくらい、愛は変わらないものなんだと思います」

「藤崎さん……」

人生先生が、驚いた様子で私に顔を近づけて言った。

「素晴らしいです。そんな答えを自分自身で考えて出せたなんて本当に素敵なことですよ。尊いです」

「尊い……」

尊いなんて生まれて初めて言われた。でも人生先生は本当に心の底から、そう思って言ってくれているようだった。

「……ってことは、私が出した答えは正解ってこと？」

すると人生先生は首を小さく横に振って言った。

「正解かどうかなんてそんなの大したことではありませんよ」

「えっ」

人生先生は言葉を続ける。

「どんな答えだったとしても、藤崎さん自身が考えて出したものならそれが正解です。正解は人それぞれの分だけあるはずですから、藤崎さんが自分で考えて答えを出したことが重要なんです。正しいことよりも、よっぽど素晴らしいことですよ」

「そこまで言われるとなんか照れちゃうけど……」

尊いとか素敵とか素晴らしいとか、そんなこと言われ慣れていない。それに今になって人生先生に顔を近づけて喋りかけられたことにドキドキしていた。人生先生からしたら、何の意識もしていないだろうけど……。

「……あっ、でも人生先生の答えも知りたい。私も出したんだから教えてよ」

私がそう言うと、人生先生はほんの少し迷うような顔をして言った。

「……そうですね、今私の答えを明かしては、せっかく藤崎さんが良い答えを出したのに邪魔をしてしまう気がするんです。なのでやめておきましょう」

「えーずるい」

「ずるくはありません、藤崎さんのためを思ってのことです」

「その言い方がずるい」

私がそう言うと、少し開き直ったように人生先生が小さく笑って言った。

「まあ大人はずるいものなんですよ」

その顔がずるい。

とは思ったけど、今度はキットカットを一つくれたので許すことにした。

○

人生先生との話を終えた後は、なんだかとてもすっきりした気分だった。もらったキットカットもいつもより甘く感じた。

私は教室へと続く廊下を歩いていた。宿題をするための教材を机の中に忘れたことに気づいたからだ。

放課後になってだいぶ時間が経っているので私以外に生徒の姿はない。こんな時間に校舎の中にいると特別な気がする。いつも歩いているはずの廊下も別物のようだ。窓から差し込む西日が眩《まぶ》しく感じた。

明日からはもっと良い一日が始まるだろう。人生先生が褒めてくれたことは私にとって自信になった。テストの問題で正解を出した時よりも高揚感がある。人生先生が言うように、私自身が自分で考えて答えを出せたのが良かったのだろう。それが自分でも納得のいく答えだったから。

——恋は変わること、愛は変わらないこと。

「よしっ……」

これが、明日からの私の指針になる。

そう思いながら勢いよく教室のドアを開けた時、想像もしていなかった光景を目にしてしまった——。

「……飯野君?」

そこに飯野君がいた。

誰もいない教室の中で一人、私の席に座って机の横に手を伸ばしていたのだ――。

「……な、何やってるの？」

私が尋ねると、慌《あわ》てた様子で飯野君が答えた。

「べ、別におかしなことは何もしてないよ。これはたまたまで……」

「たまたまって、どうして……」

放課後に一人、教室にいるのがおかしかった。

隣のクラスの生徒なのに私のクラスにいるのはおかしかった。

私の席に座っているのもおかしかった。

そして私は、決定的なあるものを見つけてしまった――。

「私の折り畳み傘……」

私の机の横に今日まではかかっていなかった折り畳み傘があった。前に盗まれた傘だ。でも今そこにある。さっきまで飯野君が手を伸ばしていた場所だった……。

「嘘だ……」

――私はすぐにある事実に気づいた。

というかそれしか考えられなかった。あの場所に飯野君が現れたのも偶然ではなかった。私の折り畳み傘を盗んだのは飯野君で、それを今、元に戻していたのだ――。

「違うよ、藤崎さん。たまたま藤崎さんの折り畳み傘を見つけたから、届けにきただけなんだ……」

私の頭の中に浮かんだ疑惑を飯野君も察したようだった。でも納得のいく説明になっていない。

「……だったらなんでこんなこっそり置いておくの？　私にすぐＬＩＮＥとかで連絡してくれればいいでしょ？」

「それは……」

すぐに飯野君は口ごもる。確実に嘘をついている。

「……なんでこんなことをしたの、飯野君？」

思わず問い詰めるように訊いてしまう。

その理由が本当に分からなかったのだ……。

「藤崎さん……」

飯野君が私の名前を呼ぶ。

でもいつものような温かさは一つも感じない。

それから飯野君は、胸の内にしまいこんでいたものを吐き出すように言った。

「藤崎さんのことが好きだからだよ」

「飯野君……」

最初の一言が出てきてから、堰《せき》を切ったように飯野君が話し始めた。

「ずっと好きだった。大好きだった。ずっとそばにいたかった。君の興味を引きたかった。それに好きになるともっと相手のこと知りたいって思うんだ。もっと相手のそばにいたいって思うんだ。だからそうしたんだ。僕っておかしいかな？　おかしくないよね？　あの日だって、傘の中に一緒に入って藤崎さんも楽しかったよね？　僕といる間、藤崎さんは笑っていたよね？　この前の土曜日だって、あの男と一緒に過ごしていた時より、僕と一緒にハンバーガーを食べていた時の方が楽しかったよね？」

こんな風にまくし立てて喋る飯野君を初めて見たことよりも私は、話の内容に体が震えた――。

「……なんで、私が他の男の人と会ってたのを知ってるの？」

「……」

――私はあの日、誰かと会っていたことは話していない。

アウトレットに行っていたと飯野君に話しただけだ。

「それは……」

飯野君は上手く答えられなかった。

さっきと一緒だ。

これでもう、今までのことが全て結びついてしまう。

ここ最近、タイミングよく帰りの時間が重なるのは偶然ではなかった。飯野君があの日海浜幕張駅に姿を現したのも狙ったことだったのかもしれない……。

それから飯野君は、言葉を絞り出すように言った。

「……こんなことで僕のこと嫌いにならないよね？」

「……」

「嫌いにならないでよ、せっかくここまで来たんだ。上手くいってたよね？　傘だって元に戻したんだし、これで僕たちも元通りだよ。藤崎さんの物を盗みたいとかそういう低俗な考えじゃないんだ、ただ二人っきりになる時間が欲しくて気を引きたかっただけだよ。僕は藤崎さんが好きで、藤崎さんも僕のことを良く思ってくれていた。それでよかったはずだ。だからこれからも上手くやっていけるよね……」

「…………」

私は何も答えられない。

でも少しでも意思を表明するために首を小さく横に振った。

「上手くいかないよ、もう……」

「どうして……」

飯野君が狼狽《うろた》えた表情を見せる。それから頭を抱え込んで顔を伏せたかと思うと、私を見つめた。

それからそのまま私のそばに近づいてくる。

「藤崎さん、なんで……！」

「いやぁっ！」

反射的に声を出してしまった。

でもそれがよくなかったのかもしれない。

飯野君の表情が、今まで私が見たことない顔に変わった。

怒っているような、恨みがこもっているような表情だ――。

怖かった。

今はとにかく飯野君が怖かった――。

「なんでだよ……」

飯野君は、私を見つめながら言った。

「なんで分かってくれないんだよ……！　おかしいよこんなの！　それになんであんな東山なんて男と会うんだよ！　僕の方が絶対藤崎さんのことを愛しているのに！　僕だけが藤崎さんを愛しているのに！」

放課後の教室。

西日が差す窓。

揺れるカーテン。

青春を象徴するような空間で告白をされているのに、正反対の気分が私の心の中を覆っていた。

その言葉を受け取りたくない。

今はただ、この場所から逃げ出したい……。

「もう嫌だ……」

言葉が自然と出てきてしまった。

その言葉をつかまえたのは飯野君だった。

「もう嫌だって、何が？」

私は答えられない。答えないままなのに、飯野君はまた距離を詰めてくる。

「嫌だって僕のことじゃないよね？」

また一歩近づいてくる。

「だって僕はこんなにも藤崎さんのことが好きなのに……！」

飯野君が手を伸ばしてくる。

その時だった――。

「――もうとっくに下校の時間は過ぎていますが？」

廊下から声が聞こえた。

その場所に立っていたのは、人生先生だった――。

「なんで、ここに……」

その言葉に人生先生はすぐに答えた。

「教室の戸締まりは、校務員の私の役目なので当たり前のことですよ。それよりもあなたたちはここで何をしているんですか？」

「何をって……」

飯野君は上手く答えられない。突然人生先生が姿を現したことに面食らっているようだった。でも私も同じだった。こんなタイミングで人生先生が現れるなんて思わなかった。

人生先生は、今度は私だけを見据えて言葉を続ける。

「藤崎さん、あなたは？」

「……」

喉がふさがってしまったように声が出ない。

「ちゃんと考えて、あなたの今の気持ちを答えてください」

考えて、答える。あの時と一緒だ。私が最初に相談しにいった時。あの時も人生先生はそう言った。考えなきゃ。考えることは人間に許された贅沢の一つだから。私はちゃんと考えて、答えを出さなければ――。

「人生先生、助けてください……」

私の中から出てきたのはたった一つの言葉だった。

その瞬間、人生先生が私と飯野君の間に入ってくれた。

この状況が気に食わなかったのは飯野君だった。

「……邪魔をしないでください、あなたはこの学校の先生じゃないでしょう」

飯野君が人生先生を睨《にら》みつけて言った。敵意をむき出しにした表情だ。

「ええ、私はこの学校の先生ではありません。でも一人の大人として、助けてくださいと声を上げた子を見過ごす訳にはいきません」

「……なんでだ」

飯野君が声を上げる。

「なんでみんな邪魔するんだ！　なんで藤崎さんも逃げるんだよ！　僕はこんなに愛しているのに！　恋と愛の違いがどうとか言ってたよね？　僕のこの想いこそが本当の愛なのに！」

確かに私は飯野君に質問した。でもあの時飯野君は、愛は安心感とかそういうものだと言っていた。でも今は安心とはかけ離れた状況に私を追い込んでいる。

私はそんなものを愛とは認めたくなかった。上手く説明できないけど、その想いは愛ではないと思った。相手のことを困らせておいて本当の愛だなんて間違っている。

——その時、人生先生が穏やかな声で言った。

「あなたの言葉も、その行動も愛ではありませんよ」

「なっ……」

明らかに狼狽えた飯野君に、人生先生は言葉を続ける。

「百歩譲って恋に近いところはあるかもしれませんがね」

「恋に近い？　一体何を言って……」

「私の考えを説明しましょう」

まるで今から授業を始める先生のような言い方だった。

人生先生は、さっき私には教えてくれなかった、恋と愛の違いについての考察を話し始めた——。

「私は、恋と愛は主体が違うんだと思います」

「恋と愛は主体が、違う……？」

飯野君が戸惑った声をあげる。でもその言葉に戸惑ったのは、私も一緒だった。恋と愛は主体が違う、とは一体どういうことなのだろうか……。

「恋は私が相手のことを知りたい、私が相手に触れたい。私が好きだと言いたい。私がそばにいたい。という風に、『私』が主体になります。かたや愛は、あなたに喜んでもらえることをしたい。あなたのためにできることをしたい。あなたが幸せでいてほしい。という風に、『あなた』が主体になるんです。つまり愛は自分よりも相手のことを第一に考えて、相手のためを思ってする行動のことなんだと思います。それに愛は主体が相手にあるからこそ、恋人だけではなく、家族や友人、その他多くの人ではない存在にも向けられるものだと私は思っています」

「私……、あなた……」

思わず飯野君と同じタイミングで呟いてしまった。

恋と愛は主体が違う。

――恋は私。

愛はあなた――。

その言葉を聞いて、確かにその通りだと思った。

私はきっと東山さんに恋をしていた。もっと話したいとか、もっと触れたいとか、そう思っていた。でも東山さんのために何かをしてあげたいとまでは、思っていなかったはずだ。

それは飯野君に対しても同じだったかもしれない。もっと知りたいと思った。このまま一緒にいたいとも思った。でも飯野君のことを一番には考えていなかった。

人生先生の言葉は飯野君に向けたもののはずなのに、私にも響いていた。

人生先生は、いつの間にか話に聞き入っていた飯野君に向かって言葉を続ける。

「だからこそ飯野君。あなたのしてきた行動は、決して愛なんかではないと思います。始まりは恋だったのでしょう。それがやがて愛に変わる可能性もありました。でも途中で道が変わってしまいました。あなたがしてきた自分本位な行動は、恋でも愛でもなく、ただの迷惑行為になってしまったんです」

「ただの迷惑行為……」

飯野君が、悲しそうに言葉を漏らした。言葉を続けられなかったのは、その言葉が、胸の奥に突き刺さってしまったからだろう。人生先生の言葉で説明がついてしまったのだ。今までの自分の気持ちと行動の違いに……。

「例えばあなたが今まで読んだ本や観た映画の中には、愛する人のために自分から身を引いたり、遠くから幸せを願ったりする人はいませんでしたか？　本当に、愛しているのならそういう形もありえます。もちろん、愛する人と結ばれる物語も数多くあることは確かですが……」

「……」

飯野君は、ただじっと俯《うつむ》いて床を見つめていた。

人生先生はゆっくりと飯野君のもとに歩み寄る。

「飯野君。もしも、あなたが今もまだ藤崎さんのことを本当に大切に想っているのなら……」

人生先生が、言葉を続ける。

「もうこんな悲しませるようなことはしないでくれませんか？　藤崎さんのために――」

「…………」

ずっと顔を俯けていた飯野君が、小さく首を縦に振ってから、顔をあげた。

「藤崎さん……」

飯野君が、私のことを見つめる。

その眼差《まなざ》しは、いつも私に向けてくれていたような温かさをかすかに帯びたものだった。

それから今にも泣き出しそうな顔で言葉を続ける。

「好きだった……。それなのに、僕は……」

その先は、言葉にならなかった。

人生先生が、そっと飯野君に手を差し伸べる。

「人生先生……」

その手を飯野君が受け取ってくれて本当に良かったと、私は思う——。

○

それから三日間、飯野君は学校を休んだけど、その後はまたちゃんと来るようになった。

姿を見かけたのは廊下でたまたまタイミングが合った時だった。周波数なんて元からなかったのかもしれない。こんなタイミングで合うなんてどこか皮肉に感じるくらいだった。

私はといえば、そんなに身の回りに変化はない。あの日の出来事を知る人は他にいないし、誰にも話していなかった。飯野君が他の人に話す訳もないし、人生先生だってそうだった。

――私はあの日の放課後ぶりに、人生先生のもとを訪れることにした。

「人生先生」

校舎の中をどれだけ探しても見当たらなかったのは、中庭の花壇の前にいたからだった。

私が声をかけると、花に水をやっていた手を止めて、私に向かって言った。

「藤崎さん、私は先生ではありませんよ」

「そんなのもう分かってるって」

もはや恒例のやりとりみたいになっている。でも私からしたらやっぱり先生って呼びたくなる。

先生が出してくれた問題は、学校のテストに出てくるようなものとは全然違うものだった。

だけどその問題が、私を取り巻く世界をほんの少しだけ変えてくれた。

私は、恋と愛の違いは、『変わる』ことと『変わらない』ことだと思った。

人生先生は、主体が『私』と『あなた』で違うと言った。

もちろん恋と愛に優劣がある訳ではない。

そしてどちらか一つだけが正しいという訳でもないのだろう。

人生先生は言っていた。

それぞれが考えて出した答えなら、全て正解なのだと。

今は私も人生先生と同じように思えていた――。

「ありがとうね、人生先生」

「お礼を言われるようなことは何もしていませんよ。それに私の方が藤崎さんから素敵な考えを教えてもらえましたから」

「私が教えたってことは、じゃあ私も先生みたいなものだね」

「ええ、その通りです。自分以外先生、自分以外師匠だと思って過ごすくらいが、日々学ぶうえには良いことだと思っていますから」

「また難しいこと言ってる」

「でも藤崎さんには私の言っていることが分かるでしょう？」

うん、分かる。

最初に人生先生のもとを訪ねた時とは全く違う気分だった。今までは考えなかったようなことを考えるのが楽しいと感じるようになったし、自分なりの答えが出せた時は、頭と心の中が同時に軽くなる気がした。

そのことを教えてくれたのは人生先生だった。

それから人生先生があることを思い出したように言った。

「……きっとこれからこの場所には、花だけではない自然が広がることになりますよ」

「えっそうなの？」

「ええ、この場所にビオトープを作ることになりましたから」

「ビオトープ？」

聞き慣れない言葉だった。

「ビオトープとは直接的に訳すと生物の生息空間のことです。つまりビオトープ作りとは生き物の暮らす場所を作るということです」

「生き物の暮らす場所……」

なんだかそう言われると、とても凄いことのように思えた。

人生先生はもう一度目の前の花に水をあげ始める。柔らかに水を降り注ぐその姿と、生き物の暮らす場所を作るという発言も相まって、神様が空から雨を降らせているような、神聖な光景に見えた――。

人生先生ってやっぱり格好いいと思う。何よりも私のことをあの危機から救ってくれたのだ。まるでおとぎ話の中の王子様か、映画の中のヒーローのように。

「……ねえ、人生先生、私もビオトープ作り手伝うよ」

「そうですか、それはとても助かります。人手はいくらあってもいいですから」

「うん、私結構自然とか生き物とか好きだからさ」

でも私がビオトープ作りを手伝おうとした理由はそれだけではなかった。

「……ねえ、人生先生？」

人生先生の名前を呼ぶ。

「どうしましたか？」

人生先生がこっちを振り向いた。

それだけで私の胸の内側に溜まった想いが溢れ出てくる気がする。

「あの、私、人生先生のこといいなって思っちゃったかも……」

「いいな？」

「えっと、その、好きになっちゃいそうというか……」

なんでこんなことまで言ってしまってるんだろう。柔らかな人生先生の表情が全てを受け入れてくれる気がしたのかもしれない。

――そして人生先生が、表情を崩さないまま私の言葉に答えてくれた。

「あなたは、まだ何も分かっていませんね」

小さな花が咲く花壇の前で、人生先生が笑ってそう言った。

第二話

運とかガチャとか

「人生先生さあ、運を上げる方法ってあるの？」

人生先生のもとを訪れたことにそんなに深い理由はなかった。面白い話が聞けたら良いな、って思っただけだ。

人生先生は俺の質問に、さして面白くもなさそうに首を傾げてから言った。

「そもそも運とはなんですか？　坂東君《ばんどう》」

「運とは？　そうだなあ……」

そう言われても説明するのが難しい。運の定義についてなんて考えたことがなかった。でもパッと頭の中に浮かんだのは三文字の言葉だった。

「ガチャだよ、ガチャ」

「ガチャ……」

人生先生が短く呟く。

「うん、スマホゲームとかであるじゃん。強いキャラ引くためのガチャ。あれこそまさに運だよ」

「ということは坂東君はガチャで強いキャラを引く方法が知りたいということですか？」

「それもできたらいいけどさ、もっと他にも日頃から全部の運が上がるような方法が知りたいんだよね、そしたら人生楽勝じゃん」

「人生楽勝……」

人生先生が、さっきよりも面白くなさそうな顔をした。でもこのことに関しては自信を持って説明することができる。

「そうだよ、この世は全て運ゲー。まずは親ガチャ、才能ガチャ、友達ガチャに学校ガチャ、全部運が良ければ最初からなんでも上手くいくんだもん。結局運の良いやつが最強でしょ」

俺が胸を張ってそう言うと、人生先生が何かを思い出すように言った。

「確かにそういう意見を持つ人はいますね。私の古い友人にもいました」

「やっぱりそうなんだ、その人は俺と気が合いそうだなあ」

「坂東君は漫画は読みますか？」

「漫画？　まあ読む方ではあるけど……」

突然話が変わったと思ったけど、そうではなかった。

「ラッキーマンは知っていますか？」

「ラッキーマン？」

「ええ。『週刊少年ジャンプ』に掲載されていた漫画で、どんな敵も持ち前のラッキー、つまり幸運だけで倒すヒーローです。そして私の友人は、『ドラゴンボール』の孫悟空や、『ONE PIECE』のルフィなどと戦っても結局最後に勝つのはラッキーマンだとよく言っていました」

「なんかよく分からないけど、それならやっぱり運って最強ってことじゃん」

孫悟空とルフィのことは知っている。その二人に勝てるのなら、それだけで充分最強だ。

でも人生先生の意見は違ったみたいだ。

「私はそうは思いませんけどね。ジャンプの三大要素はあくまで『友情、努力、勝利』ですから。『運』は入っていません」

「はあ……」

何を言っているのかよく分からないけれど、人生先生が結構漫画好きだってのはよく分かった。

「じゃあさ、そのラッキーマンみたいになる方法はあるの？」

「ラッキーマンのように運を上げる方法を見つけるのはなかなか難しいでしょうね。それよりもまずはさっき私が尋ねた通り、運とはどんなものかを考えてみてはどうでしょうか？ガチャ、という言いかえではなく運そのものが何かについて……」

「運そのものが何か……」

そう言われるとますますややこしく感じた。運が何かなんて分かる気がしない。

「一つ、ヒントというか、良いことを教えてあげます」

「良いこと？」

「運に勝ることも多く、より良く生きるために、今からすぐに始められることが一つだけあります。お金もかかりませんし、そして必ずあなたの糧《かて》になるものです」

「何それ？　最高じゃん！　早く教えて！」

急《せ》かしてそう言うと、人生先生がまっすぐに俺を見つめて答えた。

「努力です」

「……さっきのジャンプじゃん」

今更そんな当たり前のことを言われるとは思わなかった。

「努力が大事なんて分かってるけどさあ……」

子どもの頃から「努力は大事」と親にも先生にもよく言われていた。でも俺は、その言葉に対しても運で説明がつけられると思っていた。

「ってかさ、努力ができるのも運じゃない？」

「努力ができるのも運？」

俺の言葉に人生先生は目を丸くさせた。

「そう、努力ガチャだよ。努力できる人間に生まれた運。つまりは運が最強」

俺の言葉に人生先生は呆れた顔をした。

○

人生先生への相談では、結局納得のいく答えは得られなかった。最終的には本気で俺に呆れていたのかもしれない。だけど俺だって運だとかガチャだとか、昔から口癖のように言っていた訳ではなかった。

「ラインあげろ！」

「シュート打て！」

帰り道、グラウンドから生徒の声が車道まで響いて聞こえた。

「……」

一瞬足が止まって、それからすぐに歩き出す。これ以上その声を聞きたくはなかった。聞こえてきたのはサッカー部の声――。

俺も高校二年の頃まで所属していた。でも怪我でやむを得ず退部することになった。下校中に住宅街の道でバイクとの交通事故に遭ったのだ。幸い命に別状はなかったが、そのせいで俺は小学校四年生の頃からずっと続けていたサッカーをやめることになってしまった。

不運だった。毎日通っていた登下校の道でたまたま起きたことだ。いつも通り、歩いていただけだ。片耳にイヤホンをして音楽を聴いていたからバイクの音に気づくのが遅かった。

でも一番悪いのはスピード違反をしていたバイクの男のはずだ。

その男がスピード違反をしたタイミングと、俺がその道を通りかかったタイミングがなぜ重なったのかは分からない。ほんの少しでも時間がズレていたり、どちらかがもっと気をつけていたりすれば、簡単に回避できたはずだ。

こういう時にはどうしても運って言葉を使いたくなる。「アンラッキーだった」という言葉で片付けると気分は少しマシになる気がした。

「はぁ……」

ため息をつく。でも何かに落胆したとかそういう訳ではない。サッカー部の声が聞こえないところまで来て一息ついたようなものだ。

その瞬間、今度は別のバカでかい音に驚かされることになった。

「なっ……」

バイクのエンジン音だ。そして俺の目の前まで来て止まった。

「よう、昌平《しょうへい》だよな？」

バイクに乗った男がヘルメットを外して言った。

「龍太《りゅうた》……」

相手の顔を見てすぐに気づいた。目の前にいたのは、中学の同級生だった。一年間だけサッカー部にいて、その後すぐにやめてしまった中込《なかごめ》龍太。帰り道が途中まで同じだったから、何度か一緒に帰ることもあった。いつの間にかバイクの免許なんて取っていたみたいだ。

「久々だな、そういえば奏杜高校行ってたんだよな、昌平頭良かったもんなあ」

龍太はそう言ったけど、実際のところ奏杜高校は進学校という訳ではない。龍太は勉強の方は学年でも下から数えた方が早いレベルだったから、そう思っているだけだ。

そんなことよりも気になったのは、龍太が乗っているバイクのことだ。

「……ってかどうしたんだよ、そのバイク。そんな高そうなの買ったのか？」

「まあ最近上手くいってることがあってさ、運が向いてきてるんだよ、いいだろ？」

「運が向いてきてる……」

運という言葉にピクンと反応してしまった。その言い方は、宝くじが当たったとかそういう訳ではなさそうだ。

金のことが気になったのは、龍太の家が裕福ではないと知っていたからだ。というかどちらかというと貧乏だ。「親ガチャ失敗してさあ」という言葉を初めて聞いたのは、他ならぬ龍太からだった。

「昌平乗ってくか？」

「は？」

そう言って龍太は、俺が返事をする前に後部座席の横に固定してかけてあったヘルメットを取って俺に渡した。

「バイクに乗ってると風を切る感覚があってさ、一度乗ったらハマるぜ？　ストレスとかぶっ飛んでくよ」

「へえ……」

実際ストレスは溜まっている。サッカー部の声を聞いて、怪我をした時のことまで思い出してしまったからだ。

それにバイクに対して恐怖心がある訳でもない。むしろ一度ぐらい経験として乗りたいと思っていた。

「じゃあうちまで送迎頼むわ」

「いやタクシーじゃねえからっ！」

龍太が笑ってツッコむ。

「ついでにマックで、てりやきマックバーガーとポテトのＬも配達頼む」

「ウーバーでもねえからっ！」

俺も気分が良くなって追加でボケると、またツッコミを入れてくれた。なんだか中学の登下校の時に一瞬で戻った気がした。

「よしっ、それじゃあしっかり摑まってろよ」

俺がヘルメットを被ってから後部座席に乗ると、龍太が言った。

「おう、安全運転で頼むぞ」

「事故ったらすまんな」

「まあその時は運が悪かったってことで諦めるさ」

事故る気なんて一切しなかったからそう返したけど、実際運が悪かったなら仕方ないと思えるから不思議なものだった。

バイクに乗せてもらった感覚は、次の日の土曜日になっても残っていた。風を切る感覚なんて初めてだった。でも今は部屋の中で、充実とは程遠い時間を過ごしていた。

「あー最悪」

スマホゲームのガチャ失敗だ。わずかな小遣いから断腸の思いで捻出した一発だったのに、あっけなく失敗に終わってしまった。

「マジでクソゲーだわ」

スマホを布団に放り投げる。受験生だというのに勉強に身が入らない。正直部活をやめた時からずっと切り替えができていなかった。部活をしていた頃は、同じサッカー部の友達と遊ぶことがほとんどだったから、仲の良い友達も今はいない。だから遊びにも出かけず勉強もせず、家でぐだぐだと過ごす退屈な週末が続いていた。

「あんた今年受験生だっていうのに勉強もしないで何やってるのよ」

母ちゃんがノックもせずに、部屋にやって来て言った。

「俺は夏期講習から本気出すタイプなんだよ」

「今から本気出しなさいよ、どうせ夏になってもろくに勉強しないくせに」

「うるさいなあ……」

図星だから上手く言い返すことができない。正直志望校も全く決まっていなかった。

「勉強もしないで体力だけありあまってるなら、せめてバイトでもして家計を助けてくれたらいいのに」

「バイトしたら全額自分の懐に入れて、ガチャ回しまくるに決まってるだろ」

「あーやだやだ、ガチャガチャうるさいんだから」

文句を言うだけ言ったらスッキリしたみたいだ。すんなりと母ちゃんは部屋を出て行った。

こっちは大分モヤッとした気持ちにさせられたけど。

「バイトかあ……」

選択肢としてはありだと思う。このまま家でずっとぐだぐだして、母ちゃんから文句をつけられる日々は抜け出したかった。でも今までバイト経験もないし、何から始めればいいのだろうか……。そんな時、布団に転がっていたスマホが鳴った。

「おっ」

スマホを拾い上げて画面を確認すると、龍太からのＬＩＮＥの通知があった。

『いい話があるからファミレスで飯でも食わないか？』

暇な俺にその誘いを断る理由はなかった。

いい話がなんなのかは分からないけど、またバイクに乗せてもらえるという期待もあった。

ただ、龍太が選んだファミレスは意外なところだった。

「ロイホじゃん……」

津田沼駅前、丸善の隣にあるロイヤルホストである。ファミレスの中ではその名前の通り高級な部類だ。俺がいつも友達と行っていたサイゼリヤやガストとは明らかに価格帯が違う。友達同士でロイホに来るなんて初めてだった。

「俺あまり金持ってないんだけど……」

席に座ってから俺が正直に言うと、龍太は余裕のある感じで笑って言った。

「いいよ、俺が奢《おご》るから」

「えっマジ？　でも悪いよ、こんな高そうなところ……」

「いいから、俺から誘ったんだし好きなもの頼んでくれよ」

「マジかあ……」

誘った方が金を払うとかそんなルールがあるのだろうか。龍太は全然無理をしている様子がない。それどころかロイホに来ることにもだいぶ慣れているみたいで、メニューも眺めずにドリンクバーだけの注文を、さっさと決めてしまった。

「この250gグランスター黒×黒ハンバーグ、お願いします……」

本当はアンガスサーロインステーキが食いたかったけど流石《さすが》にやめた。でもこれも千八百円くらいのハンバーグだ。サイゼなら同じ値段で三つは食えて辛味チキンとかも付けられる。

「……なんか龍太ってバイトとかで稼いでる感じ？」

注文が終わってから質問した。前に乗っていたバイクのこともそうだけど気になっていた。明らかに同い年らしからぬ羽振りの良さがあったから……。

「おっそれがまさに今回のいい話に繋がるんだけどさ」

龍太はドリンクバーのコーヒーを一口飲んで言った。ドリンクバーだけ頼んだところにも、ブラックのコーヒーを飲んでるところにもどこか余裕を感じてしまう。俺はまだ甘々のマックスコーヒーくらいしか飲めないのに。

「逆に昌平って今何かバイトとかしてる？」

「いや、してない。というかまさにバイトでもしようかと考えてたところだったけど……」

「マジか、めっちゃタイミングいいな。これって絶対縁があるよ」

「縁？」

縁という言葉自体の意味が分からなかった訳じゃない。龍太の口からそんな言葉が飛び出してくるなんて思わなかったのだ。

「ああ、縁だよ。人間関係は大事なものだからさ。そういうところから人脈は生まれるんだよ」

「人脈……」

これまた聞き慣れない言葉が飛び出してきた。話しぶりも昔と若干違うように思えてしまう。そんなタイミングでハンバーグが運ばれてきた。

「熱いうちに食えよ」

「お、おう」

ナイフで切り目を入れると肉汁が溢れた。すぐに口に運んでみたけど変な緊張をしているのか味がよく分からない。チョコプラがＣＭで歌ってそうなくらい、これ絶対美味いやつのはずなのに。

「昌平は運がいいよ、昨日俺と再会したのも縁があったからだしな。だからこの先必ず昌平も俺みたいに稼げるはずだよ」

「……稼げる？」

ハンバーグをもう一口食べる。やっぱりこれ絶対美味いやつのはずなのにまだ味がちゃんとしない。

「ああ、ネットとか使って誰でもできるからさ、人のためになる商品とか人生の役に立つ情報をまとめたものを売って、それが金になるんだ」

「ほう……」

他の商売と似たようなものだろうか。よく分からないままだが、龍太は説明を続けた。

「人からも感謝されるしいい仕事だよ。それで上手くいけば普通のバイトなんか話にならないくらい稼げるし。俺だってあのバイクすぐに買えたからさ」

「それはすごいな……」

「だから昌平もやらないか？　バイト感覚でまずは始めてみるのもいいだろうし。入会金の一万円だけかかるけど、そしたら俺がすぐに上の人に紹介できるから手っ取り早く稼げるぞ」

「一万円……？　そっかあ……」

いつの間にかハンバーグを半分まで食べ終わっていた。やたら旨い話が続いていたけど、入会金の一万円は引っかかった。稼ぎたいのに最初に金がかかるなんて本当に大丈夫だろうか。急に不安になってきた……。

「……それって俺みたいな高校生でも大丈夫なの？」

「大丈夫だろ、俺だってやってるし。昌平も十八歳になってるだろ？　もう成人じゃん」

「それは確かにそうだけど……」

成人なのは確かだけど、なんか色々心配になった。一つのことが気になりだすと、色んなことが不安になってくる。

「……なんかそれってリスクとかあったりしない？　気を悪くしないでほしいけど、ヤバい系の仕事だったりしないよな？」

「ははっ、何言ってんだよ。大丈夫だよ、俺だってずっとやっててなんともないんだから」

「そうか……」

この場合、龍太がやっているというのは安心の保証になるのだろうか。よく分からないけど、とりあえずは上手くいっているらしい。それならいいのだろうか……。

「ってか冷めるぞ、早く全部食っちゃえよ」

「お、おう」

それから慌てて残りのハンバーグを食べた。奢ってもらってるだけあって、これ以上話に文句をつけることもできない。もしかしてそれが龍太の作戦の一つでもあったりして……。

「うまっ……」

ようやく味がちゃんと分かるようになった。

美味い。めちゃくちゃ美味い。溢れる肉汁がまさに高級って感じだ。

初めて食べたロイホのハンバーグは、忘れられない味になった。

○

龍太から紹介された仕事のことを考えていたら、いつの間にか月曜日を迎えていた。入会金の一万円は高校生の俺にとっては大金だけど、銀行口座にはお年玉もまだ充分に残っているから出せない額ではない。

最初は断ろうと思った。でも龍太のあの様子を思い出すと揺らいでしまう。ロイホでの会計の時に龍太の財布に万札が何枚も挟まっていたからだ。

帰りはまたバイクに乗せてくれた。近々新車に買い換えようとしているらしい。そしたら今のバイクを俺に譲ることも考えると言ってくれた。

単純だけど、そんなことで気持ちが傾いてしまった。暇だったのも大きな理由だった。ありあまる時間と体力を他の何かに使いたかった。

そしてこの状況をチャンスに感じている自分がいた。

今、運が向いているのかもしれない、と。

「……人生先生」

迷っている時に訪れたのは人生先生のもとだった。中庭でスコップやら道具を並べていたけど、何をやっているかは分からなかった。

「……ここで何を始める気なの？」

人生先生は、俺の質問には答えずに違う言葉を返した。

「坂東君、私は先生ではありませんよ」

「でもみんなそう呼んでるからいいじゃん、あだ名みたいなもんだよ」

「あだ名ですか、まあそれならいいですが……」

なんだか今更なやりとりだ。でも一度は訂正を入れておかなければ気が済まないようだった。

人生先生は、ようやく最初の質問に答えてくれた。

「ここでビオトープ作りをするんですよ。水槽に魚を入れて、水生植物を入れて、それだけでもビオトープと言えますが、ひとまずこの学校では小さな池を作って、草木を植えたりして、さまざまな生物にその場所で生きてもらうことを目標とします。生物部のみなさんや他の生徒と一緒に作ることになったんですよ」

「へーそうなんだ、ビオトープねえ……」

正直あんまり興味が湧かなかった。生物部の連中も物好きだ。俺はそんなことに高校生活を捧げるつもりはない。

「ビオトープを作るのは、ある意味地球を作るのと似ているんですよ」

興味はないはずなのに、人生先生の言葉が引っかかった。

「……地球を作るのと似ているって、どういうこと？」

人生先生は俺のリアクションを予想していたように話を続ける。

「地球も一番大きなビオトープと言えますからね。生き物とは何も小さな動物や虫のことだけではありません。私たち人間も同じことです。この地球が私たちの暮らす場所ですから」

「それはまあ、確かに……」

難しいことを言っているようだけど、理解はできた。そんな地球規模のことにまで話が飛躍するとは思っていなかったけれど。

「ちなみに坂東君は、地球に生命が生まれた確率はどれくらいか知ってますか？」

「はっ？」

思わぬ質問が飛んできた。

「……よく分かんないけど、百億分の一とかそれくらいありえない確率じゃないの？」

人生先生は首を振ってから答えた。

「十の四万乗分の一です」

「四万乗……？」

その数字の凄さが分からない。でもそれも予想していたようで、人生先生は別の言葉で説明してくれた。

「腕時計の部品を全てバラバラにして二十五メートルのプールに投げ入れて、それが水流で偶然また組み立てられて完成する確率と一緒とも言われていますね」

「……そんなの絶対ありえないじゃん」

「ええ、絶対ありえないと思ってしまうくらいの確率です。まあこれは既に観測された事象を逆算して確率を考えてみると、という話ではありますが」

「……とにかく地球に生命が誕生したのは凄い確率ってことなんだね」

俺が大雑把《おおざっぱ》にまとめて総括すると、人生先生はそれでもいいと言うように小さく頷いた。

「ええ、奇跡的なことです」

「そんなにラッキーなことだったんだなあ、地球に生命が生まれたのって」

ただそこで、何気ない俺の言葉に、人生先生はさっきよりも冷たい声で答えた。

「ラッキー……、それはどうでしょうかね」

「えっ？」

生命が生まれたことがアンラッキーとか、そういうディストピアなことを言うのかと思ったけど予想は外れた。

「滅多《めった》に起きないことが起こったからといって全て幸運というのは違いますよね。例えば宝くじに当たることはラッキーでしょうが、雷に打たれることはアンラッキーですもんね。つまり同じ滅多に起きないことなのに、人によって勝手にラッキーとかアンラッキーとか、言い分けているだけなんです。確率とか運って一体なんなんでしょうかね」

「……」

俺は人生先生の言葉に、何も答えられなかった。

○

運ってなんなんだろうって改めて思った。俺にとって龍太との再会はラッキーなのか、アンラッキーなことなのか分からなかった。もしかしたらそれは起こった事実に対して、自分勝手に幸運とか不幸とか言ってるのと同じなのかもしれない。つまりはこれからの自分次第なのだ。そう思えたのも、ロイホを出た時の龍太の言葉が俺の頭の中に残っていたからだ。

「チャンスのドアのノブは内側にしかないんだよ。それで今お前の目の前のドアが開いたんだ、後は飛び込むだけだ。このドアはもう二度と開かないかもしれないぞ」

奮い立つような言葉だった。前までは親ガチャが……、とか、運ゲーだから……、とか今の俺みたいなことを口癖のように言っていたのに。今みたいに変われたのは新しい仕事のおかげだろうか。そしたら俺も龍太のように変われるかもしれない。そのための一万円なら安いものだと思った。

——そして今日、龍太と会うために、またあのロイヤルホストに来た。

「よく来てくれたな、昌平」

龍太はそう言って笑った。それから空いていた一番端の席に向かい合って座って、握り締めていた一万円を渡す。

「……これ、入会金」

龍太はそれをさっと胸ポケットにしまう。

「こういうのさ、今度からは封筒に入れるといいぜ」

「……そういうもんなのか」

「ああ、まあそういうビジネスマナーみたいなのも含めて、これから来る上の人に色々話をしてもらうつもりだけど……」

そう言った途中で龍太は立ち上がって入り口の方向に頭を下げた。

龍太が言っていた上の人が来たみたいだ。

「高山《たかやま》さん、わざわざありがとうございます」

「こちらが新しい入会者の坂東君かな。高山です、初めまして」

眼鏡をかけた細身の男だった。年齢は三十代前半くらいだろう。物腰こそ柔らかいけれど、眼差しの奥底には威圧感のようなものを感じた。

「ば、坂東です。よろしくお願いします」

「ああ、そんなかしこまらなくていいよ。メニューも好きなもの頼んでいいから」

「は、はい……」

そうは言われても前回とは状況が違う。何も頼む気になれなかった。

「坂東君は今何歳？」

高山さんは俺の顔をじっと覗き込むようにして尋ねてきた。

「十八歳です……」

「そうか、それなら大丈夫だね。でもお客さんと会う時は二十歳とか言っておいた方がいいよ」

「そ、そういうものなんですか？」

「うん、嘘も方便ってね」

「は、はあ……」

理由はよく分からないけれど、それもビジネスマナーの一環なのだろうか。龍太も自然に話を聞いていたから、何もおかしいことはないみたいだ。

「それじゃあ早速仕事についてだけど、人によって得意となる分野が異なるから、商品をまず選ぶことから坂東君には始めてほしいんだ」

そう言って高山さんは指を二本立てた。

「実際の商品を扱うか、それとも情報商材を扱うか」

「実際の商品、情報商材……」

高山さんが詳しい説明を始める。

「ああ、実際の商品なら自社で取り扱っているものを購入して、それを友人や知り合いに販売することになる。もちろんその元金も最初はこっちが貸付するから安心してほしい。そして情報商材の方は元金こそかからないけど、パソコンやネットのスキル、ＳＮＳの活用が必要になる。ただ最初の受講システムも完備してるから安心してほしい」

「は、はあ……」

話が全然頭に入ってこない。一番はっきりと聞こえたのは二回言われた「安心してほしい」という言葉だった。

ただその後に続いた言葉を聞いて驚愕した。

「ちなみに実際の商品を扱う場合は元金として五十万円ほどは必要になるかな」

「えっ」

高山さんは俺の反応なんて何も気にかけていない様子で言葉を続ける。

「でも情報商材の方なら最初の受講時に教材費含めて十八万円払えばそれだけで進められるから楽だよ」

「十八万……」

「ああ、大金に感じるかもしれないけれど、君たちみたいな若い世代なら学んだことを活かせばすぐに十八万円なんて取り返せるはずだよ。現に龍太がそうだからね。君たちの世代は本当にこれからの未来を担う輝かしい世代なんだ。私たちの仕事を通して、人のためになる情報を発信してみんなが幸せになって裕福になる。そういう世界になれば素晴らしいことだと思わないかい？」

「は、はあ……」

話が変わった方向に進んできた。でも俺の頭の中は、金の話の部分で止まっていた。最低でも十八万円は出さなければ仕事を始めることはできない。こんなの聞いていなかった。でも龍太からしたらおかしな話ではないようだ。さっきと同じでごく自然に話を聞いている。

というか微笑《ほほえ》んでいるようにも見えた。

「……」

どうすればいいのだろう。

お年玉もまだギリギリ残っているはずだ。龍太の現状を見てもそれくらいはすぐに返ってくるのだろう。これはいわゆる先行投資というものかもしれない。

「…………」

そして俺はもう、一万円を払ってしまった。その一万円が返ってくることはないだろう。ここで引き返したら、ただ単に一万円を捨てたことになる。だとしたらここはもう突き進むしかないのだろうか……。

でも――。

「十八万……」

高山さんにも、龍太にも聞こえないような声で小さく呟いた。

どう考えても高い。高校生の俺にとって、十八万円なんてとほうもない大金だ。

こんなことになるなら龍太からも先に言っておいてほしかった。何が最初の入会金の一万円だけで済むだ。全然済まないじゃないか。それを黙っていたなんて……。

「……っ」

なんか嫌だ。龍太を信じることもできないし、この高山さんだって危ない人に感じる。さっきから龍太同様、微笑んでいるけど、目の奥は笑っていないのだ。俺はこの二人を信用することができなかった。

「す、すみません、やっぱり俺今回はこういうのやめておこうかと……」

そう切り出したところで、途端に空気が変わった。

「はあ？」

高山さんは、笑ったまま言葉を続ける。

「どうしたの急に。だってもう入会金だって払ったんだろう、それが無駄になっちゃうよ。それにこれは絶対に稼げるんだよ。君自身の人間としての成長にも繋がるし、周りの人も幸せにする素晴らしいシステムなんだから」

早口でまくし立てるようにそう言った後、続いたのは龍太だった。

「そうだよ、何言ってんだよ昌平。俺にだってできたんだからお前にもできるよ。俺より頭いい学校に行ってるだろ？」

「そう言われても……」

もはや問い詰められている状況である。一対二だ。しかも一人は大人。状況的には最悪だ。どうしよう、どうすればいい……。

「……」

俺がそのまま黙っていると、高山さんが大きなため息をついてから言った。

「一旦頭を冷やして考えてみたらどうだい？　ほら、龍太も一緒にトイレへ連れて行ってあげて」

「分かりました」

別にトイレに行きたいタイミングでもなかったけど、龍太から腕を引かれたのでそうするしかなかった。

二人になった途端、また龍太の説得が始まる。

「急にどうしたんだよ昌平、もうやるって決めたんだろ？　このままじゃ俺のメンツも丸潰れじゃないか、高山さんだって喜んでくれてたのに」

「……いやだって、こんなに金がかかるなんて聞いてなかったし」

「なんでもそういうもんだろ。店を始めるなら店を建てるための金がいる。商品を売るなら商品を買う金がいる。スポーツ選手だって道具やらなんやらまず最初に買うじゃないか」

「そんなこと言われても……」

もっともらしいことを言っているけどそうじゃない。最初にこんな大金がかかることを俺は説明されていなかったのだ。

こうやって俺と龍太を二人きりにしたのも本音を引き出すためだろうか。全てがやり慣れた手口のように思えて、俺は全く信用することができなかった……。

「無理だよ、もう……」

「無理じゃねえよ、このまま高山さんを帰す訳にいかない。そんなことしたら俺がどうなると思ってんだ」

「……なんだよ、それ？」

「友達を見捨てるのかよ」

「友達って……」

龍太とは久々に再会した。

そして今こんな状況になった。

バイクに乗せてもらって、それから龍太の旨い話に乗ってしまった。

だとしたら俺のせいか？

これは全て俺が招いた事態なのか？

いや違う。

——運が悪かったんだ。

龍太と再会した運が悪かった。それでたまたまバイトを探してた俺のタイミングの運が悪かった。それで話に乗った俺の運が悪かった……。

「行こう、今日でお前は変わるんだ。チャンスは目の前だぞ。俺がドアを開けた。後はお前が飛び込むだけだ」

俺が心動かされた言葉。

龍太は本当に自分自身で変わって、その言葉を生み出したのかもしれない。

だとしたら俺もこのまま乗ってしまおうか。

いや、でも……。

「あっ」

その時、龍太の口から間の抜けた声が漏れた。

不意をついて、俺が勢いよくトイレから逃げ出したからだ——。

店内からその様子を見ていた高山が声をあげた。龍太もすぐに反応する。

「追えっ！　龍太！」

「くっ……」

駅前の道を駆け抜けた。ダッシュなんてサッカー部の時以来だ。

「待てよっ、お前！」

龍太が追いかけてくる。距離はすぐには縮まらない。これでもレギュラーだったから足には自信があった。

「はぁっ、はぁっ……」

こんな時になってなぜか思い出したのは、サッカー部をやめる決断をした時のことだった。ちゃんとリハビリをすれば、充分レギュラーだって取り返せるはずだった。それなのに諦めてしまった。糸が切れたようにプツッとやめてしまった。その決断をするのに、運なんて何も関係なかったはずなのに。もう少し努力すれば良かったはずなのに……。

「くそっ……」

走り続ける。振り返ると龍太は既に息が上がって止まりかけていた。これなら余裕そうだ。一万円は無駄になったけど、とりあえず最悪の状況からは脱したということで……。

「ふう……」

——しかし、一息ついたその時だった。

ブゥンッ！　という轟音がして一台のバイクがそばまでやってきた。

「なっ……」

最初に龍太に乗せてもらったバイクだ。でも今乗っているのは高山だった。

「……っ」

再び走り始めようかと思ったけどすぐに諦めた。もう無駄だったのだ……。

「なんで、そのバイク……」

バイクから降りた高山に向かってそう言うと、相手が笑って答えた。

「このバイクは元々私のなんだよ、龍太に安く譲ってあげただけでね」

「そうだったのか……」

バイクは龍太が大金を出して買った訳ではなかったんだ。だとしたら、やっぱり今までの話だって胡散臭《うさんくさ》く感じてしまう。

「それにしても、こんな風に逃げ出すなんてね……。私としてもこれ以上、事を荒立てたくないから今回の話はこれっきりにしよう」

「えっ」

俺としては嬉しい言葉だった。もうこの面倒くさい事態に関わらないで済むのだ。

——ただ、そんなに都合のいい話がある訳がなかった。

「もう私たちの仕事には関わらなくてもいい。その代わり今日の相談料を払ってもらうよ」

「……相談料？」

「ああ、私も忙しい合間を縫ってここへ来た訳だからね。十万円で手を打とう。普段の講演なら桁が一つ違うから、坂東君はとてもラッキーだよ」

「十万円……」

ふざけてる。話したのなんて五分くらいじゃないか。それなのに十万円なんて額を高校生相手に請求してくるなんて……。

そして龍太も遅れてやって来た。

「はぁはぁっ……、すみません、高山さんまで来てもらって……、こいつ中学の頃から足だけは速くて……」

その言葉に高山はニヤッと笑ってから龍太の肩に手を置いて言った。

「坂東君は龍太と中学からの同級生だもんな、それならすぐに家も分かる訳だ」

「なっ……」

脅しだ……。そしてこの男は本当に家にまで押しかけてきそうな雰囲気がある。親に迷惑をかけることとなんてできない。なんて言われるか分からないし、余計なトラブルに巻き込みたくなかった。

「……っ」

最悪だ……。一万円払っただけでも既に最悪な気分なのに、また十万円だなんて……。でも払わなければいけないのだろうか。払わなければきっとこの男は付きまとってくる。龍太だって家にもやってくるだろう。あのけたたましいバイクの音を立てて……。

——なんでこんなことになった？

やっぱり運が悪かったからか。

でも、どうしてこんなにも運が悪い状況に陥ったんだ。

龍太といい、高山といい、次から次へとヤバい奴が現れて、物事が急速に悪い事態へと進んでいく。

ああ、最悪だ。

俺って運がないなあ……。

「あぁ……」

言葉にならない声が出た。

どうしようもなかった。

「……」

声も出なくなった。

もう考えることすらやめたい。

その時、耳をつんざくような爆音があたりに響いた――。

「なっ」

俺を含めた全員が音のした方を向いた。

そこには一台の大型バイクが停まっていた……。

「な、なんだよ……」

龍太がビビっている。それもそのはずだ。高山が乗っているバイクよりも一回りデカいバイクだったのだ。

バイクから降りてヘルメットを外した、その人物は――。

「人生先生……」

想像もしていなかった相手だった。

普段学校で見る姿とは全く違う人生先生がそこにいたのだ――。

「坂東君、こんなところで何をしているんですか？」

人生先生の口調は普段と変わらなかった。それがまた独特な雰囲気を醸し出していて格好良く見える。だけど俺はこの事態を把握することができず、呆然としてしまった。俺よりも先に口を開いたのは龍太だった。

「……なんだよあんた、昌平の先生か？」

「先生ではありませんよ、ただの校務員です」

「校務員？　何をふざけて……」

そう龍太が言いながら歩み寄ろうとした時、声を上げたのは高山だった。

「……待て、龍太！」

「えっ？」

その声に戸惑ったのは龍太だ。まさかここで止められるとは思っていなかったみたいだ。

「そいつに関わるな、もう戻るぞ」

「えっ、高山さん何を言って……」

「いいから！」

そこで口を挟んだのは人生先生だった。

「もう二度とうちの生徒に関わるのはやめてもらっていいですか？」

「……言われなくてもその通りに。坂東君、これっきりにするから余計なことは言わないように。その方がお互いにとっていいはずだから」

そう言って高山はバイクに乗って去っていく。

「ちょ、ちょっと高山さん――」

慌てて龍太もその後を追っていった。

さっきまでとはまるで別人のようだった。急に態度が変わったのは、ちゃんとした大人が出て来たからだろうか。いや、それよりは人生先生を怖がっていたようにも見えたけれど……。

「大丈夫でしたか、坂東君」

いつものような調子で人生先生が言った。

「は、はあ……」

何が起きてこうなったのか、未だに目の前の事態についていけていない。

そんな俺の様子を察したのか、人生先生は懐からあるものを取り出して言った。

「私が現れてラッキーでしたね、まあ私が好きなのはこっちですが」

人生先生が渡してくれたのはポッキーだった。

ラッキーとポッキーをかけるような冗談を言う人だなんて思ってもみなかった。

○

帰り道、人生先生がバイクの後ろに乗せてくれた。

だけど龍太の後ろに乗った時のような爽快感がある訳ではない。反省の気持ちでいっぱいだった。どうすれば今日みたいな状況を回避することができたのだろうか……。

「やっぱり運が悪かったのかな……」

俺が独り言のように言うと、人生先生は前を向いたまま言った。

「坂東君、改めて訊きますが、運ってなんですか？」

「それは……」

俺は言葉に詰まってしまった。今日に至るまで起きた出来事とか確率とかガチャとか、言いたいことは色々あった。それでも何か運について納得するような答えは出せなかった。

人生先生は言葉を続ける。

「私も運というものは存在すると思っています。運自体を否定することはしません。……でも、その運に対してどうすればいいのかも結局分からないものだと思っています」

「……どうすればいいのかも結局分からない？」

意外な言葉だった。どんなことでも知っていて、自分なりの答えが人生先生の中には既にあると思っていたから。

「ええ、だって運が実際に存在していたとして、私たちはどうすればいいんですか？　何か明確に運を上げる方法はありますか？　運を効果的に利用して人生をより良くする方法はありますか？　この世界は全て運でできていると決めつけたところで、何か今後の糧になることはあるのでしょうか？」

「それは……」

何もないのかもしれない。俺は今まで親ガチャとか環境ガチャとか、それこそ努力すらも努力ができるように生まれてきた努力ガチャなんてことを言っていた。そうやって自分に諦めをつけて、運のせいにして嫌なことから目を背けていたんだ。だって、そう思わなきゃやってられない時もあったから……。

「……だったら、これからは運とか言い訳は何もしないで、努力をひたすら続けろって言うんですか？」

確かに努力は意味のあるものだと思う。スポーツだって続ければ、ある程度上手くなるだろうし、勉強だって真面目にやれば成績が上がって良い大学に入れるはずだ。

だけど、そんなの苦しい。全員が全員、常に努力しなければいけなくて、言い訳の一つもできないのだ。俺はそんな世界では生きていける気がしない……。

「そんなの無理ですよ……」

吐き出すように言った俺の言葉に、人生先生は大きく首を振って言った——。

「いえ、努力だけをしろという訳ではありません。ただ一つ、明確に存在して、ちゃんと上げることもできる運がありますから」

「えっ？」

目の前の信号が、青に変わる。

人生先生は、俺に背中ごしに言った。

「人の運です」

「人の運……」

「ええ、人運《じんうん》とも言いますね。私は人の運こそとても大切なものだと思っています。良い人の周りには良い人が集まるものなんです。そしてあなたが周りの人を大切にすることで、その人のためにしたことは、きっと後になって自分に返ってもくるでしょう。あなたに良いことが起きた時は共に喜んでくれますし、あなたに悪いことが起きた時は助けになってくれることもあります。例えば事故に遭うようなアンラッキーと思われる出来事があったとしても、良い病院を紹介してくれたり、そばにいて支えてくれたり、日々の生活を助けてくれるかもしれません。そういう大切な人たちがいてくれるという幸運は、他の偶発的な運や確率とは何も関係ないんです。どんな時でもずっとあなたの中に備わり続けるものですから」

人生先生は言葉を続ける。

「だからこれからは不確定なラッキーやアンラッキーに振り回されて生きる人になるよりも、そんな人の運に恵まれた人間になってほしいと私は思います。ただラッキーなことが起きている人間より、アンラッキーなことが起きても、それをそばで助けてくれる仲間がいる人間の方が、よっぽど素晴らしいと思いますから」

「人生先生……」

人生先生の言葉は、今までの全ての出来事を説明してくれているようだった——。

「だからこそ付き合う人のことをちゃんと考えてください。人の運の中にも悪運はあります。良い人の周りには良い人が集まりますが、逆に悪い人との付き合いは、もっと悪い人との破滅の道に繋がっているんです。いくところまでいってしまうと、引き返せなくなることもありますから」

確かにその通りだ。龍太と再会して、高山まで繋がってしまったのだ。学校や普段の生活の中では出会わない人間だった。あのままの道を突き進んでいたらと思うと、ゾッとする……。

そして人生先生は、最後に言った——。

「だからこそ私は、良い運は周りの人が運んできてくれるものだと思っているんです。運は『運ぶ』という漢字を書くでしょう? つまり運は人によって運ばれるものなんですよ。だからこれからも坂東君は周りの人を大切にしてください。そして人の運が良い人間になってくださいね」

「……はい」

——運は人によって運ばれるもの。

その言葉が今までで一番、腑に落ちる気がした。だからこそ周りの人を大切にして、付き合う人のことも考えなければいけないんだ……。

「……俺も今、人生先生にバイクで運ばれてますね」

「そうですね、いつかは坂東君がお返しに私に良い運を運んでくれることを期待していますよ」

人生先生が勢いよくアクセルを回した。風を切る感覚が一瞬で伝わってくる。やっぱりバイクに乗るのは気分がよかった。

「……龍太が言ってた『チャンスのドアのノブは内側にしかない』って言葉に心動かされて、騙されちゃったところはあるんですよね。そんな名言をあいつが言うとは思わなくて！」

さっきまでの緊張感が抜けてくだけた感じで言うと、人生先生がすぐに反応してくれた。

「それは『ちはやふる』に出てくるセリフですね」

「えっ、ちはやふる？　あの百人一首の漫画の？」

全部ではないけど、読んだことはあった。アニメや映画にもなっている有名な作品だ。

「ええ、そうです。『たいていのチャンスのドアにはノブが無いので自分からは開けられない。だれかが開けてくれたときに、迷わず飛びこんでいけるかどうか』というようなセリフが作中にありました。彼はそのセリフを自分の言葉であるかのように言ったのでしょう」

「そんな……」

龍太があんなにも胸を張って言っていたセリフがパクリだったのには驚いたけど、それよりもびっくりしたのは人生先生の幅広い知識量だった。

「……人生先生って何でも知ってるんですね」

「何でもは知りませんよ、知っていることだけです」

そう言ってから人生先生は言葉を続けた。

「ちなみに今のは『化物語《ばけものがたり》』の羽川翼《はねかわつばさ》のセリフを引用させてもらいました。さまざまな作品の中に素晴らしい言葉は多く出てきますが、自分で喋るからにはやっぱり自分で考えた言葉を言った方が気分はいいものですよね」

その言葉で、さっきの人の運の話は人生先生が自分自身で導き出したものなのだと分かった。俺も最初に人生先生に運とは何かと質問された時に、自分なりの答えを出せればよかったのだけど……。

「人生先生って凄いなあ……」

ポツリと呟きながら、これまでの一連のことを振り返って改めて思った。

こんな大型のバイクに乗っているなんて思わなかったし、あの異常な状況にも全く動じていなかった。

それどころか、高山が人生先生を見て逃げ出したようにも見えたのだ。

人生先生は、まだ秘密を他にも隠し持っているのだろうか……。

「……人生先生って、一体何者？」

俺が冗談っぽく尋ねると、人生先生はバイクを止めて振り返って笑って言った。

「ただのしがない校務員ですよ」

その笑顔が、ほんの少しだけ作り笑いのように見えたのは気のせいだろうか。

第三話

不幸せになる方法

「あぁ、もうなんでこの投稿全然伸びなかったんだろう。最悪」

「えっそんなことないでしょ、８００いいねもついてるじゃん」

「そうだよ、私なんていつも50いいねくらいしかつかないんだから」

「私なんて3いいね、あっ鍵垢《かぎアカ》だけど」

そんなことを言われても、私の投稿をそんじょそこらの女子高生と一緒にしてほしくない。

「この前海で撮ったのはバズって、７０００いいねくらいついたんだよ」

「海は映えるからねえ、夕日ってのもきっと良かっただろうし」

「それにあの時着てたワンピ可愛かったもんね」

「背景の海もぴったりだったからね、やっぱり海強いなあ」

海とか夕日とかファッションとか、そんなことはどうでもいい。私が写っていることに価値があるのなら、あの時と同じように今回もバズるはずだった。

「あぁ、幸せになりたい……」

「出た」

「梨花《りか》の口癖」

「まあ不幸になりたい人なんていないよね」

うるさい、と思ったけどそんなことは言えないので胸の中にしまっておく。でも幸せになりたいが私の口癖なのは確かだ。ふとした時に口をついて出てきてしまう。

投稿がバズった時は本当に幸せを感じる。知らない人に「可愛い」とか「素敵だね」とか言ってもらえると、有名人になった気がした。あの瞬間はとても満たされる至福の時だ。

でもその幸せはあっという間に薄れてしまう。SNSの賞味期限は短い。一日の間にバズりなんて至るところで起きているし、私の投稿もすぐに流されてしまうのがオチだ。それどころか、私のものよりいいねがついている投稿を見つけてしまうと、それだけでテンションが下がる。

私も早く次のバズる投稿をしなければいけない。こういうのは鮮度が大事だ。どんどん二の矢、三の矢を放っていかなければならない。大変だけど、それでバズれば私はまた満たされる。そのための苦労は厭《いと》わないつもりだった。

「この人とか凄いよねぇ」

「ああ、チバイオリンさんヤバいよね」

「私もフォローしてる！」

友達が話題にしたその人の名前は私も知っていた。

「チバイオリンさん毎回バズりすぎ、演奏上手すぎるし雰囲気も格好いいから、どっかのアーティストが正体隠してやってるって噂だけど……」

チバイオリンさんは、仮面をつけてバイオリンを超絶技巧で弾く人気のインフルエンサーだ。その正体は謎に包まれているが、音楽センスは素人目から見ても本物だ。当初は有名アーティストの流行曲をカバーするところから人気に火がついたが、今は『黒雷《こくらい》』『故郷の母』などのオリジナル曲も発表して話題を呼んでいる。でもチバイオリンさんはあまりにも凄すぎて私のライバルにはならなかった。そもそも土俵が違う気がする。

「……まあ私が楽器とかできる訳ないけどね」

「そうだよね、梨花は楽器何もできないもんね」

「というかカラオケも下手だもんね」

「音痴が可愛いってのもあるけどね」

「うるさい」

小さな笑いが起きて一瞬の間が空く。

結局根本的な解決策は何も思い浮かばなかった。立派なインフルエンサーの道はまだまだ遠い。

「あぁ」

私がそう言葉を漏らしたところで友達が言葉を続けた。

「幸せ」

「に」

「なりたい」

「うるさい」

また同じようにツッコミを入れるとさっきよりも大きな笑いが起きた。
少しは気分が良くなったけど、幸せという感覚にはまだ程遠い。

○

放課後、一人SNSのネタ探しのために廊下を歩いていた。学校と制服はSNSとの相性が良い。こんな風にみんなで同じ服を着て同じ場所で過ごす時間なんて、人生でもそうそうない。だからこそ、この場所と時間を利用して、バズるような投稿をいくつも生み出したかった。

「あっ」

目に入ったのは、廊下の窓の施錠をしていた平さんだった。普段生徒とは関わりのない校務員さんだけど、生徒からは人気があって、尊敬の意味が込められているのか、人生先生と呼んでいる人もいる。名前が人生というのが一番の由来みたいだけど、相談をすると他の先生は言わないようなアドバイスをしてくれると評判だった。あと、見た目が格好いい。

「ふうん……」

窓からの夕日が斜めに当たって、それがどこか叙情的な雰囲気を漂わせている。

——カシャッ。

スマホで写真を撮った。

その音に気づいて、平さんが私の方を見る。

「今、撮りましたか？」

「だめだった？」

「ええ、だめです。消してください。そんな風に盗撮されて気分が良いことなんてありませんから」

「盗撮だなんて、結構良い写真が撮れたのに」

相手からだめと言われては写真を消すしかなかった。「#イケメン教師」って投稿すれば、バズったかもしれないのに。

「じゃあ代わりにバズりそうな写真が撮れるスポット教えてよ」

平さんはほんの少し考えるような顔をしてから言った。

「そうですね、もう少ししたら校舎の中庭は見応えのある場所になると思いますよ。その時はぜひたくさん写真を撮ってほしいです」

「校舎の中庭？　そこに何があるの？　どうせ花とかでしょ？」

「もちろん花もありますが、それだけではありません」

「へえ、そう……」

所詮学校の中庭だ。花以外に見どころがあったとしても、わざわざ写真を撮るような場所ではない。

「どうして来栖《くるす》さんはそんなにバズることを目指しているのですか？」

私は質問に答える前にその言葉に驚いてしまった。

「えっ、なんで私の名前知ってるの？」

私がこうして平さんと話すのは初めてのはずだ。それなのに、なぜ……。

「私のもとに相談に来た人が、あなたの名前を出したことがあったんですよ。投稿がバズって、学校の中でもちょっとした有名人になっているとかで」

「へえー、そうなんだ……」

……ヤバい。嬉しい。表情には出さないようにしたけど、正直手を振り上げて喜びたいくらいだった。なんか今すごい満たされている気がする。これだよこれ。幸せって感じ。あの投稿がバズったおかげでこんな気分を味わうことができたんだ。やっぱり最高だ。必ずまた新たなバズりを作らなきゃ……。

「えーっと、バズることを目指してる理由だっけ？」

平静を装ったまま再度質問を確認する。このままではニヤケ顔が出て来てしまいそうだったから。

「なんだろ、まあ他の友達が言ってるのは、承認欲求とかが満たされるって感じかな。SNSだとそれでたくさんの人から認められて幸せに感じるみたいな」

自分で思っていたことだけど、この場は友達が言っていることにした。まるっきり嘘という訳ではない。実際にこう言っている子はいたから。

「ＳＮＳでたくさんの人から認められると幸せ……」

でも平さんは要領を得ない感じでそう呟いた。

「何か？」

「いえ、だとしたらＳＮＳの中で幸せな人は、いわゆるインフルエンサーと呼ばれるごく少数の人だけになってしまいませんか？」

「それは……」

そう言われると少し話が難しくなってくる。ＳＮＳがインフルエンサーのためだけにあるとは、私だって思っていない。

「いや、だから今のはあくまで私の個人的な意見だから」

「さっきは友達が話していたと、言っていませんでしたか？」

「な、ぬ……」

……墓穴を掘ってしまった。なんだか調子が狂う。こんな変なところを突いてくる相手は私の周りにはいなかった。もっと、なあなあにやり過ごせたはずなのに……。

平さんは、私を見つめてから言葉を続ける。

「来栖さん、幸せと不幸せってなんでしょうかね？」

○

「あぁ、もう……」

放課後の友達の誘いも断った。頭の中で平さんの言葉が邪魔をしている。

「……」

ただ写真を撮っただけなのに、いつの間にか幸せと不幸せが、どうこうとかいう会話になった。もしかして平さんに相談をしている人は、みんなあんな訳の分からない話をしているのだろうか。

それなのに人気があるのだから不思議なものだ。私は平さんに今後相談をする気なんて起きなかった。

でもそんな風に平さんのことを考えていると、自然と校舎の中庭に足が向いていた。もう少ししたらここが見応えのある場所になると言っていた。ただこの場所でまた平さんには会いたくない。あの話を聞いた後で来たら、まんまとひっかかったみたいだ。なんかもう一回負けた気がする。だから見つからないように物陰からこっそりと様子を窺《うかが》った。

——そこには、平さんと数人の生徒がいた。

「あれは……」

中には見知った顔もいる。

「葉山《はやま》さん……」

葉山さんはクラスメイトの女の子だ。私はほとんど話したことがない。葉山さんが誰かと話している姿もあんまり見たことがなかった。孤高と言ってもいいくらいの存在の女の子だ。孤独ではなく孤高という言葉が似合うのは、その見た目のせいだろう。葉山さんはどこか絵になるような大人びた美人だった。だからこそ私も一目置いていた。というか羨《うらや》んでいるところもあった。あの見た目ならSNSを始めればすぐに人気が出るだろう。でも葉山さんはSNSに全く興味がないようだった。その余裕も含めて、私より上をいっている気がする。

それにしてもなぜこんなところに葉山さんがいるのだろうか。その理由はすぐに明らかになった。

「今日からビオトープ作りを始めていきたいと思います。顧問の先生とも話し合って、私が主導する形でみなさんと一緒にやらせてもらうことになりました。いずれ他の部の生徒たちも手伝いに来るとは思いますが、まずは代表として生物部のみなさんよろしくお願いします」

平さんがみんなに向かってそう言った。

「生物部……、ビオトープ……」

そういえば葉山さんは生物部に所属していた。そんな部に入っているのは、私の周りでは葉山さんだけだったから覚えている。それにビオトープという言葉もどこかで聞いたことがあった。確か、理科の授業だ。さまざまな生物が生きるための場所とか言っていた気がする。生物部の活動内容としても一致しているから間違いないだろう。

平さんは言葉を続けた。

「最終的にはここに水を張って、水生植物と共に多くの生物が住めるような場所を作りたいと思います。まずは水を溜めるための穴掘りがメインになりますし、力仕事も多いのでみなさん無理のない程度で頑張っていきましょうね」

平さんの言葉に生物部の生徒たちが「はい」と返事をした。葉山さんは平さんの説明を受けて幼子のようにワクワクとした表情を浮かべている。あんな顔、クラスの中で一度も見たことがなかった。

冴えないジャージ姿。ダサイ軍手。手にはスコップ、そばには映えなんて一切ない雑草と土。

「よしっ」

「やるぞー」

「頑張らなきゃ」

生物部の生徒たちの声が聞こえてくる。地面に膝をついていた。私にとっては考えられないスタイルだ。虫が本当に無理だから絶対あんなことはしたくない。

「……」

ふと思い立って、気づかれないようにスマホのカメラを向けた。平さんの写真を撮った時のように。

カシャッ。

目一杯ズームして撮ったのは葉山さんだ。

肩のあたりに雑草と、そして頬に既に泥がついている。

葉山さんはそんなの何も気にしていないようだった。

真剣に土と向き合い、その綺麗《きれい》な瞳は一点を見据えている。

そんな姿も、やっぱり私はクラスの中で一度も見たことがなかった。

○

「マジか……」

予想外のことが起きてしまった。つい出来心で葉山さんの写真をSNSにアップしたところプチバズしてしまった。許可を得て撮った写真ではないから、一応二十四時間で消えるストーリーズで投稿したのに反響がすごかったのだ。美少女と泥というアンバランスなギャップが良かったらしい。投稿が消えた後も「あの子は誰？」「もう一回アップして」なんてD

Mがいくつも届いた。

正直最初は嫉妬した。私が工夫に工夫を重ねた投稿でもそんなに広がることはないのに、葉山さんは何気なく撮った一枚の写真だけでバズってしまったのだ。

でも、後からバズっていることの方が嬉しくなった。葉山さんの投稿がきっかけで、私のアカウントのフォロワーが急増していたからだ。それなら文句なんて全然ない。というかより一層フォロワーを増やすためにも、もっと登場してほしいくらいだった。

——翌日、私は教室の中で葉山さんを見つけてすぐに話しかけにいった。

「あのさ、葉山さん。少し話があるんだけど……」

葉山さんがイヤホンを外して私を見た。とりあえず話は聞いてくれるみたいだ。思えばこんな風に話しかけるのは初めてのことだった。

「葉山さんってSNSとかやってないよね？」

「うん、興味ないから」

葉山さんは淡々と答える。まるで私にも興味がないかのように。

「……実は私、昨日中庭にいてさ、葉山さんが楽しそうにしてるのを見て思わず写真を撮ってSNSにあげちゃったんだよね」

その言葉に葉山さんはピクッと反応した。興味があるというよりは気に障った感じだった。

「勝手にあげたの？」

「あっうんごめん、でもすぐ消えるやつだから」

「そう、よく分からないけどもう消したなら大丈夫かな」

葉山さんは本当にSNSをやっていないのだろう。二十四時間で消えるストーリーズのことすら知らないみたいだ。

「とりあえずそのことはごめん。でもその投稿すごい反響あってさ。バズったんだよ」

「バズ……」

「バズって分かる？」

私が尋ねた後に、一瞬の間があってから葉山さんが手を上げて言った。

「無限の彼方《かなた》へ、さあ行くぞ！」

「はっ……？」

一瞬フリーズ。それから遅れて気づいた。

「……それって『トイ・ストーリー』のバズ・ライトイヤー？」

「違うの？」

どうしよう。全然違う。

でも葉山さんはそのまま言葉を続ける。

「私ピクサー映画が好きなの。元はと言えばその後に公開された『バグズ・ライフ』を見てから、虫とか生物が好きになったんだよね。『ファインディング・ニモ』とかも好きだし」

「へ、へぇ」

変なところで饒舌《じょうぜつ》になっているが、別に悪くはない流れだろう。これだけ気分が良ければ私のお願いも聞いてくれるかもしれない。

「あの……、そしたら、今度また写真とか撮らせてくれないかな。今度はちゃんと投稿として葉山さんのことアップしたくて」

何がそしたらなのかは分からないけれど、そう言った。でも葉山さんも話の転換に違和感を持ったみたいだ。

「なんでそうなるの？」

「いや、その仲良くなったよしみということで……」

「まだ映画の話しかしてないのに」

それは勝手に葉山さんが……。

でも私も引き下がる訳にはいかなかった。バグズライフならぬ、私なりのバズライフがこれから待っているかもしれないから……。

「それならこれから私と仲良くなってほしい。それに写真を撮られるなんて別に何もかまわないでしょ。それどころかＳＮＳで有名になれるかもしれないんだよ。それって凄いことなんだよ！」

「それのどこが凄いことなの？」

「どこがって……、色んな人が見てくれたり……、たくさんいいねがついたり……」

私が言葉に詰まった時、キンコーンカンコーンとチャイムが鳴った。

そして葉山さんはもう私に興味をなくしたように、机から教科書を取り出してこう言った。

「――あなた、少しウザいよ」

○

あんな言い方をされるとは思わなかった。確かに勝手に写真をあげたのは私も悪かった。でもそこまで言わなくてもいいのに。

モヤモヤは昼休みになってもおさまらなかった。このままお昼ご飯でお腹を満たして頭を切り替えよう。葉山さんをまたＳＮＳに登場させる作戦は失敗に終わったのだから。

「あっこの曲好き」

「分かる、サビヤバいよね」

「YouTube のダンス振り動画もヤバかったよ」

みんながいつもの会話をする中で私は入っていけなかった。結局教室の隅っこで一人お弁当を食べている葉山さんを気にしてしまっていた。いつもは葉山さんも、近くの席に座っている子と一緒に食べていたと思う。でも今日はその子が休みだったので一人のようだ。

それでも孤独さを微塵《みじん》も感じさせないのは、やっぱり葉山さんだからだろうか。その姿には優雅ささえ感じてしまった。

「ちょっと梨花聞いてるの？」

「あっごめん」

そんな私の様子にさすがに周りも気づいた。

「いつもならすぐこういう話食いついてくるのに」

「どこ見てるのよ」

さっきまで私が視線を向けていた方には葉山さんしかいなかった。

「……そういえば梨花、昨日ストーリーズに葉山さんあげてたよね」

点と点が結びついたように、友達が尋ねてくる。

「まあ、ちょっとね」

そんなに話を広げたくないから、気のない返事をした。でも話は勝手に進んでしまう。

「梨花が葉山さんと仲が良いなんて知らなかった」

「そんなことなくてたまたまだよ」

「今日の朝も話してたもんね、珍しい光景だからびっくりしちゃった」

「それはそうだけど……」

最後にウザいよと言われて終わってしまった会話。もしもそのことを話したら大きな盛り上がりを見せるはずだ。だからこそその言葉は私の胸の中だけに留めておいた。

「葉山さんって、どんな人かよく分からないよねえ」

「ミステリアスだよね、中学の頃はどうだったのか知らないけど」

反応の悪い私を置いて、友達同士の会話が始まる。

「高校からいきなりミステリアスキャラになったらちょっと面白すぎるでしょ」

「確か生物部だっけ？　そんなところに入る人も珍しいから素なのかもね」

「素がミステリアスってただの変人じゃん」

そこで小さく笑いが起こる。ずっと小声で話しているから私たちだけにしか聞こえない。

「話しかけても反応悪いし、実際は性格も悪いのかもね」

「あの見た目だから今でもギリ許されているだけだよね」

「でもあの見た目も好き嫌いあるよね、男ウケはしてるみたいだけど」

「確かに実際そんな可愛くもないよねえ、一歩間違えたらブスって言われてもおかしくないみたいな……」

「……いや、それはないと思うけど」

久々に私が会話に口を挟むと「えっ？」と声が飛んできた。

「何、急に？　さっきまで黙ってたのに」

「だってそれは全然違うと思ったんだもん。全然ブスなんかじゃないでしょ。というか綺麗だよ、どう見たって美人だよ。性格だって別に悪くなくてちょっと無愛想なだけだし、どっちかって言うと性格が悪いのは……」

そこまで言ったところでハッとなって口を閉じた。

友達が今まで見たことのないような顔をして私のことを見つめていた。

「ご、ごめん……」

さっきの私と同じだ。

葉山さんにウザいよと言われた時。

きっと私もこんな顔をしていたのだろう。

○

『#空気読めない子無理』

『#さっきまで楽しかったのに』

『#シンプルにウザい』

「はあ……」

放課後。こんなタイミングでSNSなんて見なければよかった。お弁当の写真と一緒にタグ付けされた投稿の対象は、私だと名指している訳ではない。でも見る人が見ればすぐに分かった。

そのままDMフォルダを確認する。DMには「前のあの子の再登場はまだ?」「泥の美女は?」と葉山さんのことだけが書かれていた。私のことなんて期待していない。求めているのは葉山さんだけのようだった。

「なんなのよ、もう……」

今、私は全然幸せじゃない。私は幸せになるためにSNSを始めたのに、なんでこんなことになっているのだろうか。よく考えると私ってSNSで幸せになったことなんてあっただろうか。少しバズっても上には上がいるし、褒められるどころか非難されることだって多い。聞きたくなかった友達の心の声を聞いてしまうことだって日常茶飯事だ……。

それでもアプリを削除しようとか、SNSをやめようとは決して思わない自分が嫌だった。だってなくてはならないものだ。友達だってみんなやっている。だったら私だってやらなければいけない。というか取り憑かれてると言ってもいい。もうSNSは私の体の一部なのだ。だからいくらめんどくさいことがあったとしても、やめる選択肢はなかった。

「あっ……」

下駄箱へと歩く途中で、窓ごしに中庭の光景が目に入った。そこには葉山さんがいる。平さんも他の生物部の生徒もいた。昨日と同じように服を泥だらけにして穴掘りをしている。

――葉山さんは笑っていた。あの葉山さんが笑っていたのだ。

「……」

葉山さんあんな顔で笑うんだ。穴を掘るのってそんなに楽しいのだろうか。生物部ってそんなに楽しいのだろうか。

私からするとそれはとても幸せそうな光景に見えた。

「いいな……」

――幸せと不幸せってなんだろうか。

改めて平さんに言われた質問を思い出した。私にはまだよく分からない。

でも今の葉山さんは幸せなんだと思う。

そして今の私は不幸せだと思った。

「えっ……」

でもその瞬間、葉山さんが私に気づいてこちらに向かって歩いてきた。

「なんで……」

戸惑いながらも窓を開ける。

葉山さんはすぐには何も言わなかったけど、思い立ったように言った。

「……あなたも一緒にやる?」

「はっ?」

なんでその発言に至ったのかが分からなかった。

「なんでそうなるのよ」

「だって何か羨ましそうな顔で見てたから、それに来週からは生物部以外の生徒も自由に参加するみたいだし」

「羨ましそうな顔って……」

そんな表情を浮かべていたかもしれないけれど、同じ作業をしたかった訳ではない。ただ単に葉山さんの幸せそうな顔をつい目で追ってしまっただけだった。

「……私汚れるの嫌だから」

「そう」

私の言葉に葉山さんはそっけなく返事をした。いや、そっけなく返事をしたのは私が先か。

それでも葉山さんは、私の目の前にずっと立ったままだった。

「……まだ何かあるの？」

「明日の土曜日、みんなで学校の外に採集に出るけど、あなたも来る？」

「へっ？」

また新たな誘いだった。連続でそんなことを言われるとは思わなかった。

「……採集って何を採るの？」

中庭に植えるための花や、池の周りに置く石だろうか。ここまでくると一度は受けないと悪い気もしてくる。もう私も変な意地を張らないでその誘いを受けるべきだろうか……。

「虫だね」

「ごめん、無理」

そっけないというか即決だった。虫は無理だ。そんなのできる訳がない。好きな男の子に誘われたって無理だ。

葉山さんは私の言葉を聞いてまたさっきと同じように「そう」と言ってから言葉を続けた。

「じゃあまだ私、活動あるから」

そう言って去ろうとした葉山さんに、私は声をかける。

「……明日はどこまで虫を探しに行くの？」

提案を無下に断ってしまった申し訳なさがあって、せめてもの質問だった。

私の言葉に、葉山さんは振り返って言った。

「無限の彼方まで」

葉山さんは、少しだけ笑っていた。

○

土曜日、珍しく学校に来ていた。友達がＳＮＳ用のダンス動画を学校で撮ろうと言い出したから、わざわざ来たのだ。休日だから校舎の中に生徒の姿は少ない。撮影にはうってつけの環境だった。

「いい感じかも」

「マジこれウケる」

「みんなで同じハッシュタグつけてアップしようよ」

前に言い合いになったのは、もうすっかりなかったことになっていた。二十四時間経てば投稿が消えるように、嫌な気持ちも二十四時間経ったら消した方がいい。その方がこの高校生活も上手くやっていけるという暗黙の了解のようだった。

ふと、中庭に目をやった。そこに生物部の姿はない。昨日言っていた通り今日はビオトープ作りではなく、昆虫採集に出かけているのだろう。

私からしたら何が悲しくて女子高生にもなって休日に虫を採りに行かなければいけないのか分からなかったけれど、きっと葉山さんからしたら充実した一日なのだろう。あの時も葉山さんはほんの少しだけ笑っていた。

「……」

でも、私がこうやって動画を撮って、SNSにあげる日々は充実してると言えるだろうか、毎日毎時間スマホを気にして、いいねやフォロワーの数を確認しているのは……。

「私、今日はそろそろ……」

そう言って、一人早めにその場を去ろうとした。なんかやっぱり気分が乗らない。変だ。

気にかかっていたのは、昨日葉山さんからビオトープ作りと昆虫採集に誘われたことだ。私が断るってきっと分かっていたはずなのに、なんで葉山さんはあんなことを言い出したのだろうか……。

——でもその場所から踵《きびす》を返して歩き始めたところで、とある男子が走って私の目の前にやってきた。

「えっ……？」

急な事態に訳が分からない。周りの友達も同様で一歩引いていた。

「はぁ、はぁ……、あ、あの……」

相手は呼吸を落ち着けてから何か言おうとしている。

私はようやく相手が誰なのかを思い出した。葉山さんと同じ生物部の部員だ。

「生物部の……」

私がそう言いかけると、思い立ったように話を始めた。

「……木下《きのした》です。あの、ちょっと急ぎで訊きたいことがあって……、葉山さんの連絡先って知ってますか？」

「葉山さんの連絡先？　それに急ぎって……」

私が首を傾げると、木下君がすぐに説明を始める。

「今日昆虫採集の活動で、部員のみんなで新習志野《しんならしの》駅の香澄《かすみ》公園の方に出てたんですけど、いつの間にか葉山さんがいなくなっちゃって……」

「えっ？」

「学校に戻っているかと思ったけどどこにもいないし、それで前に葉山さんと話していたあなたのことを見かけたので、連絡先知らないかなって……、僕たち男子部員はみんな知らなくて……」

「何よ、それ……」

葉山さんがいなくなった？　一体どういうことだろう。一人で勝手にどこかへ行ってしまったとかそういう話だろうか？　でもそれなら別にそんな心配する必要はない。時間が経てば戻ってくるだろう。もう高校生なんだから迷子になるなんてことはないはずだ。

でも何か事件性のある出来事だったら大変なことになる……。葉山さんの美貌のせいで、ストーカーとかそういう事件に巻き込まれていたりしたら……。

「ねえ、みんな葉山さんの連絡先知らない!?」

急いでそばにいた子たちに質問を向ける。

「知らないよ」

「私も」

「そもそも話したことないし」

誰一人知っている人はいなかった。というか話すら一度もしたことがなかったみたいだ。

私も話したのはつい最近だから似たようなものだけれど……。

「やっぱり知らないですか……」

木下君が残念そうに言った。女子たちはさして心配もしていないように話し始める。

「子どもじゃないんだからすぐに戻ってくるんじゃないの？」

「確かに」

「ってか昆虫採集って」

心配どころか笑っていた。私はまた前と同じような言葉が口から飛び出しそうになったけど、木下君と共に彼女たちから距離を取って心を落ち着かせた。

「……どうして私が連絡先を知っていると思ったの？」

私を当てにしたのが意外だった。同じ部員ですら知らないのに、私が葉山さんの連絡先を知っているなんて普通ありえないと思うはずだ。

木下君の口から返ってきたのは意外な言葉だった。

「葉山さん、昨日言ってたんです。『来栖さんのことお詫びに昆虫採集に連れて行こうかと思ったけど断られちゃった。それにちゃんと謝ることもできなかった』って……、だから元々仲が良かったのかなと……」

「……どういうこと？　私葉山さんから謝られることなんて……」

すると木下君はそのことについても答えてくれた。

「前に来栖さんから話しかけられた時に、ウザいよ、って言っちゃったのをずっと気にしていて、そのことを謝りたかったみたいです。葉山さん、部内でもそんなに話す人ではないから、わざわざそんなことを話してくれたのがとても印象に残っていて……」

「そんな……」

意外だった。私と葉山さんの間に元から関係性があった訳でもない。実際は私が葉山さんにとって迷惑な行動をしただけで、葉山さんに非なんてなかった。そんな言葉、深掘りしないでそのまま放っておけば良かったはずだ。私だって現に言われたことを忘れてしまっていたくらいだ。

「葉山さん……」

でも葉山さんは違う。私とも、私の周りの友達とも違う。そもそも穴掘りとか、昆虫採集とか、そういうことを楽しくやっている時点であまりにも趣味嗜好《しこう》が違う気がする。きっと考え方とか価値観とかそういうものも全部違うんだと思うけど、そういうところに惹かれている部分が少なからずあった。葉山さんは私にはないものを持っている。私にはあるだろうか。葉山さんにはなくて、私にしかないもの――。

「そうだ……」

葉山さんを見つける手段を思いついた。

スマホを取り出して、ＳＮＳの画面を開く。

「これで……」

前に撮った葉山さんの写真をもう一度アップする。『新習志野駅香澄公園付近でこの子を見かけませんでしたか？』という書き込み付きだ。でもSNSにこうやってリアルタイムで場所情報も含めてアップするのは危険だから、時間は限定するつもりだ。

「お願い……」

この投稿がバズればすぐに見つかるはずだ。私のフォロワーは習志野とか、千葉の地元の人も多い。そこで何か有力な情報が見つかれば……。

「……どうですか？」

「……まだ、分からない」

なかなか情報は集まらなかった。『この子やっぱり可愛い』『あら美人さん』とか関係のない言葉ばかりだ。

そもそもの問題として、私の投稿はバズる気配もない。このままでは葉山さんは見つかりそうにない。もう後は警察にお願いするしかないのだろうか……。

「くっ……」

スマホの画面を何度更新しても、いいねの数もシェアの数もそんなに伸びていない。

このままでは、ダメだ……。

「あっ」

その時、スマホの画面に映ったのは、あるアカウントの投稿だった。

「チバイオリンさん……」

チバイオリンさんの新曲『故郷の母』の演奏動画だ。またバズって上位に表示されている。

「チバイオリンさんなら……」

私より圧倒的に拡散力があるはずだ。そしてチバイオリンという名前の通り千葉に住んでいる人と前に情報もあったから、フォロワーへの伝達効果も高いだろう。今はもうこの人に頼るしかないと思った。チバイオリンさんに、葉山さんのことを投稿してもらって……。

「よしっ……」

その旨を簡潔に記してＤＭを送る。これがすぐに読まれるかも分からない。きっと色んな人からＤＭが届いているはずだ。私の言葉なんて届かないかもしれない。でも今はこれに賭けるしかなかった。

「お願い……」

そして幾分も時間が経たない内にスマホの通知が鳴った。

「あっ……」

チバイオリンさんからだ。

『もちろんです、すぐに協力させてもらいます』

そう書かれていた――。

「やった……」

なんとチバイオリンさんが承諾してくれたのだ。しかもこんなにも早く協力してくれるなんて。

「なんとかなりそうかも！　インフルエンサーの人が協力してくれるみたい！」

「本当ですか！」

木下君も喜びの声をあげる。

実際にどんな風に手伝ってくれるのかは分からないけれど、明らかに風向きが変わっていた。これならいけるかも……。

「よし……」

でもその時、私たちが待っていたところに思いがけない人がやってきた。

「……平さん？」

なぜこのタイミングでやって来たのかが分からなかった。

だがしかし、平さんは私の目の前に立って真剣な口調で急いで言った。

「学校を通してみましたが、葉山さんの自宅には連絡がつきませんでした。今は他に手段がないので、スマホを持って音楽室へ来てください」

「はっ？」

目を丸くさせた私に向かって平さんは言葉を続ける。

「――私がチバイオリンです」

○

木下君は再び生物部の人たちと合流することになって、音楽室の中にいるのは、私と平さんの二人だけになった。平さんはバイオリンを持ち、窓際に立っている。その向かいに私がカメラを持って構えた。逆光でその顔はよく見えないように計算されている。ここからライブ配信を行って葉山さんの目撃情報を募る策だと言っていた。

それにしても不思議な光景だ。というか想像もしていなかった状況だった。今だって信じられない気持ちがある。まさかあの有名インフルエンサーが平さんだったなんて……。

「――それでは、早速始めましょう」

平さんが弓とバイオリンを持って構えをとると、一瞬で空気が変わった。のどかな校舎の空気はたちどころに冷めて、コンサートホールさながらの張り詰めた空気があたりを支配する。

そして平さんが弓を弦に乗せたところで、即興ライブが始まった――。

一曲目は『故郷の母』。

そのタイトル通り、柔らかな旋律から曲が始まる。まだ聴いたのは数回ほどしかないのに、懐かしさを呼び起こさせるような曲調だった。ライブの始まりに相応《ふさわ》しい一曲だ。

ライブ配信は全てオリジナル曲で実施すると聞いている。ＳＮＳの方も早速活況を呈していた。というのもチバイオリンさんがライブ配信をするのは初めてだったのだ。今までは事前に収録したものを編集して投稿するスタイルだった。そこから突然のライブ配信ということもあって今までにない注目を集めていた。

無用なリスクを避けるためにも、公開範囲を千葉県内中心の元からのフォロワーだけに制限したけど、どんどん閲覧数が増えていく。間髪《かんはつ》を容れず次の曲に移行すると、一気に曲調が変わって、コメント欄も洪水のように言葉が流れていった。

『黒雷』だ。

先ほどの曲とは打って変わって、音の鋭さが増す。まるで別の楽器を使っているかのようだった。音を奏でるというよりは、武器を使って戦っているかのようである。

黒い雨。鳴り響く雷。そんな戦場の中で一人、バイオリンを手に持って平さんが戦っていた。

「……凄い」

思わず言葉が漏れた。二つの意味でそう言った。目の前で繰り広げられる想像もしていなかった平さんの光景と、私が見たこともなかったバズりを見せるＳＮＳ上の画面。

「人生先生……」

私は思わずそう呼んでしまっていた――。

――それから先はあっという間だった。

葉山さんらしき女の子を茜浜《あかねはま》の海沿いで見かけたとコメントがあったのだ。そしてまたそのコメントが繋がって、茜浜の近くを歩いていた千葉工大生が葉山さんに声をかけてくれて連絡がついた。虫のことになると周りが見えなくなって、いつの間にかそんな離れた場所にまで来てしまったということだった。

大事にはなったけど、事故や事件に巻き込まれていなかったのは不幸中の幸いだった。葉山さんが見つかると、人生先生も配信を止めた。葉山さんの写真について以後拡散はやめて、写真も消してほしいこともちゃんと注意を入れて、最後に感謝の言葉を述べた。

ライブは大盛況だったし、荒れたコメントも一切なかった。いつもの仮面姿ではなく逆光というのも印象強かったようで、『逆光でもイケメン』『神っぽかった』『素顔が気になる』『声の良さもストラディバリウス並み』などのコメントが相次いでいた。

「ふう……」

人生先生はそんなコメントについても気にすることはなく、ひとまず演奏が上手くいったことに胸を撫で下ろしているようだった。

私はまだ声をかけることができない。演奏を終えた人生先生の姿は何か神々しさすらあった。

しかしそこで人生先生が胸ポケットからあるものを取り出したことで、私は思わず声をあげてしまった。

「カントリーマアム……」

とてつもなく意外だったという訳ではない。人生先生が甘いお菓子好きというのは聞いたことがあった。

でも今思わず反応してしまったのには理由があったのだ。

「カントリーマアム……、故郷の母……」

まさか、そんな安直な名前をオリジナル曲につける訳がない……。

だが、疑惑は次の光景を見て確信に変わる。

「ブラックサンダー……」

人生先生が次に取り出したのはブラックサンダーだった――。

「黒雷……」

……間違いない。やっぱりそういうことだった。自分の曲にそんな安易に名前をつけるなんて、人生先生は結構お茶目な人なのだろうか。思えば千葉でバイオリンを弾く人だからってチバイオリンというのも、ものすごく単純なネーミングだ。あんなバイオリンの腕前があって、SNS上で影響力もあって、それでいて高校の校務員なのだ。なんかもうよく分からなくなってくる……。

「来栖さんも、食べますか？」

純粋に私のことを気にかけて、カントリーマアムを渡してくれた。

「……いただきます」

久々に食べた気がする。なんだか懐かしい。さっき人生先生が弾いた『故郷の母』を思い出してしまった。

私が食べ終わったのを見計らって、人生先生は私に質問をした。

「来栖さんは、幸せの国と呼ばれるブータンという国を知っていますか？」

「……ブータン、聞いたことあります。確かアジアの国ですよね？」

ネットでもその幸せの国というのが話題になったことがあったはずだ。記事を見かけた記憶がある。でもなんで急にそんな話を始めたのかが分からない。

「ええ、そうです。ヒマラヤの東南部にある仏教国で、幸福度世界一の国とも言われています。国自体が日本や先進諸国のようなGDPいわゆる国内総生産の経済的な指標ではなく、GNHという国民総幸福量を高めることを基本理念として掲げているのが特徴的ですね」

「国民総幸福量……」

初めて聞いた言葉だった。

人生先生は話を続ける。

「ええ、経済成長のみではなく、国民が幸福感を持って暮らせる社会を目標とするものですね。医療や教育が無償で平等に提供されているのと、深い信仰心がそれを裏付けているとも言われています。実際、幸せの国と呼ばれるくらいにブータンは心の豊かな国になりました。……でも、最近はその幸福度が下がり始めているとも言われているみたいなんです」

「えっ、どうしてですか？」

本当に社会か何かの授業を受けているかのようだった。

そして人生先生がスマホを指差して言った。

「インターネットの普及です。今やブータンでもほとんどの人がスマホを持つようになりました。ＳＮＳも盛んです。でもそこで彼らが目にしたものは、先進諸国の人々の豊かな暮らしだったそうです」

ほんの少し声を落として人生先生が話を続ける。

「ブータンは国民総幸福量を第一に掲げてきたこともあって、先進諸国と比べて経済的に優っているとは、とてもではないですが言えません。都市部は急速な発展に、経済や雇用創出の部分が追いついていませんし、農村部は未だにインフラが整っていない部分もあります。それでも自分たちの暮らしだけに目を向けていた間は、それが不便だとか辛いことだとは思いませんでした。それなのに、他国の豊かな暮らしぶりを知ってしまっただけで、自分たちの生活ぶりはひどく貧しいものではないか、と幸せから不幸せに気持ちが変化してしまった人が数多くいたと言われています」

「幸せから不幸せに……」

その言葉を聞いて、なんで今人生先生が唐突にブータンの話をしてくれたのかが分かった。

人生先生は以前私に質問をした。

幸せと不幸せってなんでしょうかね、と。

幸せになりたいと言っていた私のために、この話をしてくれたのだ――。

「そんなことで幸福度が下がってしまうなんて不思議なものですよね。でもそれもまた当たり前のことなのかもしれません。幸せになる方法は人それぞれ色々あるけれど、一番手っ取り早く不幸になる方法はシンプルなんです。自分の身に事故や病気や怪我、失敗など何か悪いことが起きていなくても、いつでもどこでもすぐに不幸せになれる方法があります」

そう言ってから、その答えを人生先生が口にした。

「他者と比べることです」

「他者と比べること……」

「ええ、正確に言うと他者と比べて自分が劣っていると感じてしまうことです。つまり人は相対的に不幸になるんです。例えば天気の良い日に気持ちよく街を散歩していたのに、前からカップルが仲睦まじく歩いてきただけでどこか切ない気分になったり、一人ののんびり部屋の中で過ごしていたのに、旅行に出かけて楽しそうにしている友達がいるのを知ったりして、不幸せな気分になった経験はありませんか？」

「それは……」

確かにそうだった。そしてその一番の原因が――。

「ＳＮＳ……」

人生先生が小さくこくりと頷く。

「ええ、その通りです。ＳＮＳの中は基本的に幸せそうだったり楽しそうだったりする部分だけを投稿することが多いです。また数字によって分かりやすく順位づけをされることもあります。比較してしまうという点ではとても関わりのあるツールです。だからこそＳＮＳとの距離感はとても大事です。……といってもＳＮＳが全部悪いものだなんて私は思いませんけどね」

そう言ってから、人生先生はまたバイオリンを手にした。

「ＳＮＳにも楽しいことはあるので、そこから幸せを見つけることもあると思っています。人生で本来出会うことはない遠く離れた人と知り合うことで、心が繋がる誰かを見つけられるかもしれません。どん底に落ち込んでしまいそうな失敗談も、ＳＮＳに投稿するとみんなを笑顔にしたり、多くの共感を生むことがあったりします。そして今日はＳＮＳのおかげで葉山さんを見つけることができました。だからこそ適度な距離感というのが大切なんだと思います。ＳＮＳも、人との関係性も」

そして人生先生は弓を弦につけて構えをとってから言った。

「ただ一つ言えることは、良い友人に恵まれることは、とても幸せなことだと思いますよ」

弓がしなやかに動き始めると、バイオリンの音色が再び音楽室の中に鳴り響いた。

人生先生のバイオリンを弾く姿は、とても楽しそうだった。

いや、幸せそうだった。

「人生先生……」

生物部の活動をしていた時の葉山さんも、同じような顔をしていた。

夢中になれるものがあるって、なんて幸せなことなんだろう。

そしてそれを共有できる友達がいるって、とても幸せなことだ。

──私には、そういうものがあるかな。

──私には、そういう人がいるかな。

「これからかな……」

それをこの高校生活の中で見つけられればいいのかもしれない。

そう思うと、ふっと心が軽くなる気がした。

私はまたスマホを取り出す。

そして人生先生にカメラを向ける。

動画のボタンを押して、そのまま撮影を開始する。

この動画はＳＮＳのどこにもあげない。

私だけのものにしておこう。

人生先生もそれを分かっているかのように、ただ一人バイオリンを弾き続けてくれた――。

第四話

生きる意味って

「生きる意味ってなんですか？」

私には生きる意味が分からなかった。小学生の頃からそう思っていたけれど、はっきりと自覚したのは中学生の時だった。

親が毒親だとか、幼少期から貧しくて辛い人生を送っていたとかそういう訳ではない。ただなんとなく生き辛さのようなものがずっと胸の中にあった。

そんな調子だから学校では上手くいかないことの方が多かった。中学生の時に些細なことがきっかけで友達から「消えろよ」と言われて学校を休みがちになった。冗談で言われただけだけど、その言葉は私の心に刺さってしまった。私自身ここから消えてしまいたいとずっと思っていたからかもしれない。

高校生になってからは、中学の頃よりマシに通えていた。でもそれも必死で繕《つくろ》っている部分がある。両親に心配をかけたくなくて平気なふりを続けていた。だけどそうやって過ごしていくうちに体と心のギャップがますます膨《ふく》らんで辛くなった。一人部屋の中でふさぎ込むことが増えて、学校でも一人で過ごすことが多くなった。

――人生先生と出会ったのはそんな時だった。

お昼ご飯のお弁当を非常階段の踊り場で食べていた時に、人生先生がやって来たのだ。

「非常階段に出るドアの鍵が壊れていたのを思い出しましてね」

人生先生は私が尋ねる前に、独り言のようにそう言ってから「でもこのままにしておくのもいいかもしれませんね」と言葉を続けた。

私のためにそう言ってくれているのだと分かった。

「ここは小さなビオトープのようですね」

去り際、人生先生は、そう言った。調べてみるとビオトープとは、さまざまな生物が生きるための居場所とあった。確かにそうかもしれない。あの非常階段は私にとっての居場所だった。ビオトープなんて素敵な言葉の響きは似合わない気がするけれど。

――それから私は日を改めて、人生先生のもとを訪れた。

人生先生がさまざまな生徒の相談を受けているというのは、クラスの中で端っこにいる私にも聞こえてきていた。

私は質問をした。

「生きる意味ってなんですか？」と――。

人生先生は、すぐには答えてくれなかった。どんな言葉を返そうか迷っているようにも見えた。こんなこと訊かなければよかったかもしれない。

でも人生先生は、おもむろに口を開いて言った。

「……それはとても難しい質問です。多くの人がその問題に悩んでいますし、もしかしたら万人が納得するようなはっきりとした答えはないのかもしれません。ただその人生のビッグクエスチョンとも言える問題について、考えるだけでも素晴らしいことです。なぜ水野《みずの》さんは生きる意味について考え始めたのですか？」

「それは……」

そんなことを言われるとは思わなかった。だってそんなポジティブな意味合いで考え始めた訳ではない。私の頭と心の中に迷いのモヤのようなものがずっとあって、それで生きる意味を考えないと、このままちゃんと生きていける気がしなかっただけだ。

でもそれを言葉にして伝えることはできない。他の先生にも親にも友達にも誰にも打ち明けてこなかったから。

「特に理由はないです……」

だからそう答えた。

人生先生はまっすぐに私を見つめている。私はその視線を見つめ返すことはしない。

それから人生先生は言った。

「私もまだ生きる意味についての明確な答えを持ち合わせていません。今すぐ力になれなくて申し訳なく思います。ただ、あくまで参考にということで言えば、とある映画の登場人物は、人間は生まれてきて良かった、と思うことが何度かあって、そのために生きているのではないか、というようなことを言っていましたよ」

「生まれてきて良かった……」

その言葉を呟いたまま黙っていると、人生先生が付け加えるように言った。

「つまり、『生きていて良かった』みたいな意味合いでもあると思います。水野さんも今までにそう思ったことはありませんか？」

「生きていて良かった……」

さっきと同じように呟いて、それから何も言えなくなった。

「……」

今まで生きていて良かったなんて思ったことは一度もなかった。

消えてしまいたいと思ったことは何度もあるけれど。

○

非常階段がビオトープとなった私にとって、教室の中はひどく居心地の悪い場所だった。別に邪険にされたりいじめられたりしている訳ではないけれど、なぜか孤独を感じる。周りの人の笑い声が怖い。私のことを笑っている気がする一方で、私のことなんて誰も気にしていない気もする。

学校が終わっても、最近はまっすぐ家に帰ることは少ない。家にいてもそんなに心が休まらないからだ。親は必要以上に私のことを気にかけているから、それが伝わってきて私も気を遣ってしまう。無理に元気な姿を見せなくてはいけないと思ってしまうのだ。

そんな私が学校帰りに寄る場所は船橋《ふなばし》にある、とある病院だった。

「陽菜《ひな》、また来てくれたんだ」

病室のベッドの上から私の名前を呼んだのは、一之瀬《いちのせ》詩織《しおり》だ。

「私、部活もバイトもやってないからさ」

「みんなそうやって暇でも来てくれなくなるんだよ」

「私も暇とは言ってないけどね」

「あっごめんごめん」

そう言って詩織が小さく手を合わせてから笑った。詩織は小学校の頃の同級生だ。唯一六年間クラスが一緒で、同じ生き物係でもあったから仲が良かった。詩織は小学校を卒業してから引っ越したので、中学からは別の学校になって疎遠にはなってしまったけど、今振り返ってみても私の学生生活における唯一の友達だったと思う。そんな詩織と高校生になってから再会をすることになったのは、一つのツイートがきっかけだった。

『大きな病気が見つかり、学校を一年ほど休んで闘病生活を送ることになりました。頑張ります、諦めたくないです。生きたいです。絶対元の生活に戻って学校の先生になるという夢を叶えます』

そのツイートには、多くのリツイートがついて、情報収集としてだけ使っていた私のタイムラインにも流れてきた。そのアカウントが詩織だと気づいたのは、過去のツイートを遡《さかのぼ》ったからだ。元気だった頃の内容は私の地元に関する投稿が多かったし、通っている学校や、フォロワーを見てそうだと分かった。

それから私はTwitterからではなく、以前交換したＬＩＮＥを通して詩織と再びコンタクトを取った。詩織の今の状況を知って、いてもたってもいられなくなったのだ。

その後は何度かお見舞いに来ていた。詩織の詳しい病状については聞いていないけど、相当重い病気であることには違いない。それでも私が病院を訪れる時は、いつも明るい顔で迎えてくれていた。

「そろそろ陽菜もテストとかあるんじゃないの？」

「あるけど、まあ大丈夫だよ」

「余裕があるね」

「そういう訳じゃないけど」

「まあ私はテストすら免除されてるから余裕しかないけどね」

そう言って詩織がまた小さく笑ったけれど、今度はさっきよりも声が小さかった。冗談だけど、自虐的だから私はどう反応すればいいのか分からなくなる。

「今は人生のテストの真っ最中って感じかな」

詩織が私のことは見ないで、掛け布団を少しだけ摑んで言った。

「人生のテスト……」

「うん、とりあえずこの病気を乗り越えて生きなくちゃね。心配しなくてもちゃんとクリアするつもりだよ」

そう言って詩織は今度は大きく笑った。無理をしているように見えたけれど、私のためにもそう言ってくれたのだろう。

こんな明るい笑顔を見せてくれる詩織を見るたびに私は思うことがある。

――なんで、詩織なんだろう。

どうして詩織がこんな目に遭わなければいけないのか分からなかった。

なぜ病気が詩織を選んだのかが分からなかった。

詩織は本当に良い子だ。明るくてみんなからも好かれていた。友達がほとんどいなかった私と唯一仲良くなってくれた女の子なのだ。それなのに……。

なんで、詩織なんだろう――。

もう一度、心の中で呟く。

その後に、いつも思うことがあった。

これも決して口にすることはできない言葉だ。

――私なんかより、よっぽど詩織が生きるべきなのに。

その言葉を飲み込んで、私は詩織の前で無理に笑う。

○

学校の昼休みはスマホを触っていることがほとんどだった。といっても私が使っているアプリはTwitterくらいしかない。TikTokもインスタも自分に向いてないのは分かっていた。言葉だけで完結するこのSNSが私には合っていた。Twitterを開いて一番気にかけて覗いているのはもちろん詩織のアカウントだ。アカウント名はひらがなで『しおり』。ちなみに私は自分の陽菜という名前とはなんの脈絡もない『ランチ』というアカウント名にしている。だから詩織は私がフォロワーになっていることは気づいていないだろう。私自身ほとんど呟きもしないから、このままでかまわないはずだった。

ただ、いつも通り教室でTwitterを眺めていた時に、思わぬ声がかかった。

「水野さん、放課後良かったらだけどさ、中庭で一緒にビオトープ作りしない？」

クラスメイトの藤崎さんだった。今まで話しかけられたことなんてほとんどなかった相手だ。

「生物部でビオトープ作りしててさ。生物部だけじゃなくて隣のクラスの梨花とか三年の先輩も参加しているから、私も顔出してるんだけど、水野さんもよかったらどうかなって」

「あの……」

「嫌かな？」

「嫌とかじゃなくて……」

「嫌とかじゃなくて？」

「……私でいいんですか？」

　率直に出てきた言葉だった。どうして藤崎さんが私のことを誘ってくれたのか分からない。藤崎さんは私と違ってクラスの中心にいるような人だし、私とは生息する場所が違うと思っていたから。

「いいんだよ、というか水野さんを誘ってほしいって人生先生から言われたの。それに私も同じクラスの人がいてくれると心強いから」

「人生先生が……」

　意外だった。人生先生のもとに相談に行ったのはつい先日のことだ。人生先生は私を心配して藤崎さんに頼んでくれたのかもしれない。そういうことなら断るのは難しかった。

「……分かりました、行きます」

　そう答えると藤崎さんは「良かった」と言ってから「あっタメロで話してね、クラスメイトなんだから」と言って屈託なく笑ってくれた。私なんかにもそんな笑顔を向けてくれるなんて思わなくてびっくりした。

――放課後。中庭に行くと十人くらいの生徒が集まっていた。大半は生物部の生徒だろう。隣のクラスの葉山さんもいる。一人少し離れたところにいる男子生徒が三年の先輩のようだ。中心には人生先生がいた。

「それではみなさん、池となる穴掘りも仕上げの段階です。水際のところはなだらかになるようにしていきましょう。手の空いた人は私と一緒に防水シートを運んでください」

人生先生の言葉に従って生物部の生徒がすぐに作業を始める。私は一瞬どうすればいいのか分からなかったけれど、藤崎さんが人生先生と一緒に歩き始めたので、その後についていくことにした。

「あなたが水野さん?」

そう声をかけてきたのは隣のクラスの来栖さんだった。この人もまたちょっとした有名人である。華やかでSNSでもよくバズっていた。また別の世界で生息している人だ。

「そ、そうです」

「私、来栖梨花、全然敬語じゃなくていいから。同じ二年だし。葵とは一年の時に同じクラスだったんだけどね」

来栖さんがそう言ったところで話に入ってきたのは藤崎さんだった。

「そうそう、それから私たち二人とも最近、人生先生のところに相談しに行ってたんだよね。その後人生先生からビオトープ作りのことも聞いてさ」

「まあ私は葵と違って、相談しただけじゃないけどね」

「はっ、どういうこと？」

「私は人生先生の特別な秘密も知ってるからさ」

「梨花、それどういうこと⁉」

「教えない。あれはＳＮＳにもあげないし」

「あれって何よ！　ＳＮＳって、何を撮ったのよ！」

藤崎さんと来栖さんは、とても仲が良さそうだ。お互いを呼び捨てで呼んでいることからも分かる。

陽菜、と私の名前を呼んでくれる生徒はこの学校にはいない。そうやって私の名前を呼んでくれるのは……。

「詩織……」

詩織だけだった。あまりにも小さな声だったので、その声は藤崎さんにも来栖さんにも届かなかった。でも私の後ろを歩いていた三年の男子の先輩には聞こえたみたいだ。

「詩織って誰？」

先輩がそう言った。

「……と、友達の名前です」

でもそれが小学生の時の友達とは思わないだろう。このタイミングで名前を呟くなんてあまりにもおかしかった。

「友達かあ、いいよなあ。周りにいる人のことは大切にした方がいいぜ。そうしてるときっとその周りの人が運を運んできてくれるからさ」

先輩は自信満々の口調でそう言った。

どうして急に運の話になったのか分からないけど、私はこくりと頷く。

その様子を窺っていたのか、前を歩いていた人生先生が振り向いて私に話しかけてくれた。

「水野さんも今日はせっかく生物部の活動に来てくれたので、たくさんの人と話してみてくださいね」

「は、はい」

そう言ってくれたけれど、私は人生先生ともまだ話したいことがあった。

「あの、人生先生、訊きたかったことがあるんですけど……」

「なんでしょうか？」

「……前に話した時に言っていた、とある映画の登場人物って誰ですか？」

生きていて良かった、という言葉についてのことだ。映画のタイトルを明らかにされていなかったから、ずっと気になっていたのだ。

「あぁ、それなら寅さんですよ。『男はつらいよ』という映画の主人公です。作中ではもっと江戸っ子のべらんめえ口調で言っていましたけどね。『ああ、生まれてきてよかったなって思うことが何べんかあるじゃない、ね。そのために人間生きてんじゃねえのか』ってね」

べらんめえ口調というのが何を指しているのか分からなかったけど、人生先生には全く合わない口調で可笑《おか》しくなってしまった。

「そ、そうなんですね」

私が笑いを堪《こら》えてそう返事をすると、人生先生もどこか気恥ずかしくなったようで、「良い映画なのでいつか観てみてくださいね」とだけ言って、早歩きで防水シートのある方へと向かって行く。

寅さんも、男はつらいよも知らなかったけどいつか観てみようと思った。

こんなにもたくさんの人と学校で話すのは初めてだった。

○

ビオトープ作りは、掘った穴にシートを貼りつけたところで終わった。後はもう水を入れるだけで大方の工程を終える段階まで来ているらしい。こうやって日の光を浴びながら作業をすることが、気分転換になったのは確かだった。

帰宅した部屋の中で一人、あることを思い出した。生物部の活動が、小学校の頃の生き物係と似ていたのだ。

Twitterを開いて詩織のアカウントを覗きにいく。あの頃詩織は、私よりもちゃんと生き物係としての役目を果たしていた。私はどちらかというと生き物の可愛さとか、そういう表面的な部分だけを見ていた。でも詩織は違った。甲斐甲斐《かいがい》しく面倒な部分まで世話をする姿は、生き物の命自体を大切にしている気がした。

あの頃から詩織はほんの小さな生き物の、大きな命の大切さに気づいていたのだ。無邪気で、時に残酷で、まだ他者の命の重さを知らない幼い同級生とは一線を画していた。だからかもしれない。詩織はそんなそばにある一つひとつの命を大切にできるからこそ、今も自分の命を大切にできるのだ。

ツイートを通して伝わってくるものは、心の底からの『生きたい』という気持ちだった。私が詩織と同じ、重い病気にかかった立場だったらどうだろうか。きっと同じようには思えていないはずだ……。

「なんでだろう……」

これほどまでに生きたいと願っている人が病気になって、こんなにも生きることに意味を見出していない私が、健康で何不自由ない生活を送ることができているのだ。

理不尽というか皮肉と言った方がいいだろうか。神様のジョークは、私には一生理解できる気がしない。

「……」

その理不尽にほんの少しでも反抗したい気持ちがあった。

気づけば私は、スマホからツイートをしていた。

『生きる意味ってなんですか？』

『生きる意味が見つからない私は、このまま生きていてもいいのかな』

ほとんどツイートなんてしていなかったけど、今頃になって呟いてみたのだ。

「あっ……」

すると驚いたことにすぐ反応があった。ツイートにいいねが、いくつかついたのだ。私のツイートなんて誰も見ていないと思っていたのに。

『なんであの子なんだろう、私で良かったのに』

『今日は死にたくなるくらい夕日が綺麗でした』

私の手と夕日が写ったツイートを最後にすると、今度はリプライがついた。

『本当に綺麗な夕日だよね』

『大丈夫？』

『何か話あったら聞くよ』

こんなの初めてだった。Twitter上で他の人とやりとりをしたこともなかったから。こんな風に好意的なコメントがつくなんて思わなかった。なんて返せばいいのかは分からないけれど、私もそのツイートにいいねだけをつける。

「えっ……」

でも新たに飛んできたリプライを見て、私は言葉を失った。

そこにはこう書かれてあった。

『死にたいならとっとと死ねば?』

そのツイートをしたアカウントに見覚えがあった。

「この人……」

詩織のツイートにもコメントしていた人だ。遡ってみると、すぐに該当のツイートが見つかった。

『死ぬ前にちやほやされて良かったね、おめでとう』

病状を伝える詩織のツイートに、そのアカウントは酷い言葉を投げかけていたのだ。

「最低……」

死にたくなると呟いた私に死ねというのはまだ分かる。でも誰よりも大変な思いをしている詩織にどうしてこんなことを言うのだろうか。

その人のアカウントを覗きにいくと、他にも似たようなツイートばかりが大量に並んでいた。今苦しんでいる人を揶揄《やゆ》して、楽しんでいるかのようだった。

「なんで……」

こんな風に人を傷つけて何になるんだろう。本当に意味が分からない。私に言われている訳ではないのに、なんだか悔しくて涙が出てくる。

「……っ」

気づけば私はまた自分のアカウントから投稿していた。

『どれだけ醜くても、人の不幸を願って生きるような人間にはなりたくない』

『もう視界にも入れたくない、同じ世界に生きていたくない』

『神様、間違ってるよ、全部』

また、いいねがいくつかついた。

すると直接的に優しい言葉を投げかけられてる訳でもないのに、あれほどまでに強くなっていた胸の中の苦しみが、かすかに和らいでいた。

自分で呟いて想いを吐き出したからか、それともいいねがついて何か自分が認められた気がしたのか、どちらにせよ取るに足らない理由だ。

○

それからTwitterの投稿を何度かするようになった。想いを言葉にして吐き出すことには、何かしら意味があるように思えた。いいねも目に見えて増えていたし、写真付きのツイートをするとリプライがたくさんつくのも悪くない気分だった。だけどSNS上で取り繕った機嫌は長続きしてくれない。

その日は学校に着くと体調が悪くなって、三時間目は保健室で過ごした。授業が終わる少し前に保健室を出て行くと、不思議な気分になった。こんなタイミングで廊下を歩いている人は私以外にいない。ただ、そこにある人がいた。

「あっ……」

人生先生だ。ちょうど掲示物の貼り直しをしているところだった。その姿を眺めていると、幾分もしないうちに全ての作業を終えて私の方にやってきた。

「こんな時間にこんなところでどうしたんですか？」

「少し保健室に……」

私がそう答えると、人生先生は小さく頷いてから言った。

「そうですか、四時間目からは授業に出られそうで良かったですね」

そう言いながら人生先生は、窓の外を見つめる。ここからもあのビオトープが見えた。

「……水を入れたらビオトープは完成ですか？」

どうして私のことをビオトープ作りに誘ってくれたのか。はっきりとした理由はまだ聞いていない。でもそれを尋ねるのは少し怖くて、代わりにビオトープについての質問をした。

「いえ、完成には程遠いです。というか完成することはないのかもしれません。あの場所で生きる生物たちは季節ごとに、そして年ごとに変化していくはずですから」

人生先生は言葉を続ける。

「水を張った後は、メダカやタニシ、それからヌマエビを放つつもりですよ。それから豊かな生態系が出来上がっていくと良いのですが……」

「その三種類の生き物にしたのには何か理由があるんですか？」

「そうですね、メダカは丈夫で育てやすいうえに水辺に発生するボウフラを食べてくれてますし、タニシは優れた水質浄化能力を持つので濁った水を綺麗にしてくれます。ヌマエビもコケや藻を食べてくれますね。メダカとの相性も良いのでこの三種類は初めてのビオトープにはうってつけなんですよ」

理科の授業のような説明を受けてから、私は小さく頷いて言った。

「そうなんですね、みんなちゃんと生きる意味があるんですね」

深い意味もなく口にした言葉だった。

でも人生先生は、私が前に生きる意味を尋ねた質問と、その言葉を結びつけたようだった。

「生きる意味、というのはまた違うかもしれません。なぜなら彼らはただ生きるためにそうしているからです。人間のように意味づけはそんなに大切なことではないんです。野生の生き物は生きるために生きていますから」

「生きるために生きる……」

私にとってその言葉は、とても純粋で、崇高なもののように聞こえた。

「ビオトープは最初に放つ生き物だけではなく、後から訪れる生き物も重要です。トンボやアメンボなどがやって来てくれると、これから先もちゃんと続くような、生き物たちの住むところになりますから」

「生き物たちの住むところ……」

「ええ、ビオトープはギリシャ語で、ビオが生き物、トープが住むところですから。どんな生き物にとっても、そういう生きる居場所があるのは大切なことですよね」

——生きる居場所。という最後の言葉だけは繰り返して口にすることはできなかった。

それは、今私に一番欠けているものだ。
私の生きる居場所はどこだろう。
私のビオトープはどこだろう――。
そして、人生先生が私のことをまっすぐに見つめて言った。
「水野さんも、自分のビオトープを見つけてください」
私が口に出さなくても、人生先生は分かっているようだった。

○

私のビオトープはどこにあるのだろうか。ビオトープというくらいだから、そこは私にとって生きやすい場所のはずだ。何か思い悩むようなこともないのだろう。でも私の悩みはいつまでたっても消えない気がする。何か大きな悩みが一つ解消されたところでまた新たに悩みができるのだ。そんな私に心が休まる場所なんてあるだろうか。

かすかな兆しがあるのはＳＮＳかもしれない。包み隠さずに自分の感情を吐き出せるし、それなりに反応してくれる人がいる。それだけでほんの少し救われている自分がいた。もしかしたら詩織もTwitterに自分の病状を報告しているのは、そういう想いがあってやっているのだろうか。もはやちょっとした有名人のような詩織とは規模がまったく違うけれど、私もその気持ちが分かる気がした。

「……詩織、来たよ」

今日、私は学校帰りにまた詩織のもとを訪れていた。珍しく私の方から来たよと言ったのは、詩織がずっとベッドの上に寝転んだままだったからだ。

「陽菜……」

詩織が重そうに体を起こそうとしたので、私はベッドの頭側をリモコンを使って上げる。

体調はだいぶ悪いように思えた。

「ありがとう、来てくれて……」

それでも詩織はいつものように気遣う言葉を言ってくれた。

「無理に話さなくていいよ、私ならまたいつでも来られるから」

私も詩織を気遣って言った。

でもその後、詩織から思わぬ言葉が返ってきた。

「……陽菜はいつも一人で来てくれるから助かるよ」

私にはその言葉の意味がよく分からなかった。

「……一人の方が助かるの？」

私は一緒に来る友達がいないから、そうしていただけだ。でも詩織からしたら違う想いがあったみたいだ。

「うん、最初の頃はみんなでお見舞いに来てくれるのも嬉しかったけどさ……、後から病気の重さが分かって、入院が長期になるってことも分かって……、もうみんなと同じように過ごすのは難しいんだって分かったらさ、急にみんなが羨ましく見えちゃったんだよね……」

詩織は私のことは見ずに、顔を落としながら言葉を続ける。

「お見舞いの後にみんなが並んで話しながら歩いていく姿を見るとさ……、あぁこれからみんなでご飯でも食べに行くのかな、とかそのまま遊びに出かけるのかな、なんて想像しちゃう。私はその中には決して混じれることはないのにね……。なんだろう、住んでる世界が違うっていうのかな……、私は今一人ぼっちなんだってああいう時に凄い実感して泣きたくなるんだ……」

詩織の瞳に、涙が溜まっていく。

「……だけど陽菜は一人で来てくれるからさ、そんな風に思うことがないんだ。変な言い方かもしれないけど、私のいる世界の近くに陽菜もいてくれてる気がする。……だから私も他の友達には話せないようなことを、話しちゃうのかもしれない」

詩織の瞳から一筋の涙がこぼれ落ちた――。

「ごめん、こんな話をして……」

「ううん……」

私は詩織の言葉に上手く答えられなかった。だけどその代わりに、詩織の吐き出す言葉を全部受け止めようと思った。

「なんでこんなことになっちゃったんだろう……」

詩織が、皮肉なくらいに綺麗な茜色に染まった窓の外の夕空を見つめて言った。

「なんで私なんだろう……」

詩織の瞳から、また涙がこぼれ落ちる。

「死にたくない……」

こぼれ落ちる――。

「生きたいよ……」

こぼれ落ちる――。

「詩織……」

私は、その名前を呼んだきり、もう後には何も言えなかった。

頭の中で思いついた言葉はたくさんあったけれど、どれも口にすることはできなかった。

こんなにも生きたいと願っている子が目の前にいるのに、生きたくないなんて願っている自分があまりにも情けなくて、最低な人間に思えたからだ――。

○

病院からの帰り道、すっかり暗くなった駅前の空をスマホで撮って、その写真だけをツイートした。別になんの綺麗さもない意味のない投稿だった。頭の中に考え事ばかりが浮かんでいて、それを少しでも隅っこに追いやりたかっただけだ。私は、頭の中で何度も何度も詩織が話してくれたことを思い出していた。

死の恐怖とはどんなものだろうか。今の私は生きることの方が辛くて、あんまり本気で考えていないのかもしれない。ただ、今の詩織の気持ちになってふと考えてみると、死は孤独と似ている気がした。

死ぬことによって一人ぼっちになるのだ。もう誰とも関わりを持つことができなくなってしまう。病気になった時も詩織は似たことを言っていたはずだ。自分だけ住んでる世界が変わってしまう。

病に冒された詩織は既に孤独の中にいるのだ。そして今、それよりももっと酷い死という孤独が迫ってきている——。

それと比べると、やっぱり私が普段感じている孤独なんて些細なことのように思えた。詩織からしたら腹が立つかもしれない。

だから私はあの時、何も言えなかったんだ。私に何か言う資格なんてないと思った。詩織の孤独を心の底から分かってあげることなんて、私にはできなかったから——。

またスマホを取り出す。さっきと代わり映えのない夜空がまだそこにある。

夜は孤独だ。でも嫌いじゃない。自分が孤独な人間だということを、この暗闇が紛れさせてくれる気がしたから。

また写真を撮った。これもそのまま写真だけを載せてツイートした。

特に意味なんてない。

もしかして生きる意味もそんなものだろうか。

意味なんて何もないのかもしれない。学校とか仕事とか、ただその時にやらなければいけないことをやらされて、時間のままに流されていって、いくつもある浮き沈みの中で、いつの間にか歳を重ねていく。

生きるというか、生かされるというか、生きさせられてるというか、そんな感じだ。

今度は頭の中に浮かび上がったその言葉を、羅列のままでもツイートしようと思った。少しは頭の整理になるかもしれない。

でも再びスマホを操作しようとしたところで、思わぬ方向から声をかけられた——。

「ランチちゃん、だよね……？」

私の後ろにいたのは、見たことのない男の人だった……。

「だ、誰、ですか……」

私のアカウント名を呼んだ男は、スマホを取り出して何かを確認すると、「やっぱりそうだ」と言って微笑んだ。その表情にゾクッとした。頭の中では危険信号を発しているのに、体が固まってしまったように動けない。

「ずっとランチちゃんのツイート見てたんだよ、このあたりだってのは前から載せてた写真で分かってたから」

「えっ……」

その言葉で今、男が何を確認していたのか分かった。私のツイートを見ていたのだ。今撮ったばかりの空の写真。さっき駅前で撮ったのも迂闊だった。見る人が見ればどこで撮ったか一目瞭然だ。それで見当をつけて私の後をつけてきたのだ……。

「こんな偶然ってあるんだね、僕がたまたま近くにいた時にランチちゃんもそばにいたなんて。運命だと思っていてもたってもいられなくなっちゃって、ごめん驚かせちゃったよね」

「……」

運命という言葉がこんなにもおぞましく聞こえたのは初めてだった。偶然だとは思えない。前からずっとあたりをつけていたに違いなかった。

まずい。何か言わなきゃ。ここで叫んだっていい。でも喉が塞がったように言葉が出てこない……。

「けどさ、僕ならきっとランチちゃんの生きる理由になれると思うんだ。今からでも二人で一緒にさ……」

相手がもう一歩詰め寄ってきたところで、ようやく声が出てきた。

「嫌……」

「ランチちゃん……？」

男がまた一歩詰め寄る。

怖い。もう嫌だった。

この場にいたくない――。

その想いにようやく体が反応してくれた。

「……っ」

私はその場から走り出した――。

「ちょ、ちょっと、ランチちゃん！」

男も走り出した。でも体型からしても走り慣れていないようだ。

「はぁ、はぁ……」

息を切らしながら走り続ける。ここで追いつかれたら何をされるか分からない。今はただこの恐怖から逃れたかった……。

「はぁ、くっ……」

いつの間にか涙が込み上げて来ている。風に流されて横に涙の跡がついた。

「はぁ、ふぅ……」

振り返るとそこにはもう誰もいなかった。

真っ暗な夜だけがそこにある。

自分の家の明かりが、救命のランプのようにも見えた。

「はぁ……っ」

——最悪だ。最低だ。

もう何もかもが嫌な気分だ。何よりも嫌だったのは自分自身だ。迂闊だった。私にも落ち度があった。Twitterにあんな写真をリアルタイムで載せなければよかった。私自身調子に乗ってしまっていたんだ。いいねやリプライみたいな反応がつくことに酔いしれていた。あんな風に誰かから自分を見つけてもらえることなんて今までなかったから……。

「くっ……」

でもその末路がこれだ。甘っちょろく期待していた。何かSNSが私の居場所に、そしてビオトープになるんじゃないかって思ってしまった。

だけどそんなことありえないんだ。私なんかにそんな良いものが巡ってくることはない。

これからもそんな良いことが起こるはずなんてない。

だって、私だからだ——。

今までもそうだったのだから、どうせ私なんかこれから生きていたって、良いことなんてある訳がなかった。

「うっ……」

涙を拭って玄関のドアを開ける。そのまま家族の誰にも見つからないように部屋の中に飛び込んだ。

「うぅっ……」

ベッドに寝転ぶと、さっき拭ったはずの涙がまたこぼれ落ちてきた。

消えたかった。

自分の存在が消えてなくなってしまえば、もうこの胸の痛みも苦しみも一緒になくなるはずだから――。

「もう、嫌……」

そのまま、スマホを取り出す。自分のTwitterアカウントを削除しようとした。そう思った矢先、目に入ったのは詩織のアカウントだった。

「詩織……」

詩織の投稿だけは見ていたかった。

詩織のツイートには、前よりも多くのいいねやリプライがつくようになって、たくさんの応援の声が届いていた。

『しおりさんから毎日勇気をもらってます』

『元気になってね！　ずっと祈ってます！』

『しおりさんなら絶対治る！　大丈夫！』

『しおりさんの未来はきっと明るいはずですよ』

『どうか幸せが訪れますように』


そんなリプライがたくさん届いている中で、私は無意識にある言葉を口にしてしまった。

「――いいなぁ」

不意をついて出て来た言葉だった。

「違う、今のは……」

自分でも、自分の口からこんな発言が飛び出てきたのが信じられなかった……。

だけど、その後に続く言葉も、私の頭の中には既に浮かんでいた――。

「違うよ、嫌だ……」

その言葉だけは決して口にしてはいけないものだ。

最低な言葉だ。

だから私は頭の中に湧き上がっただけでも必死で否定した。

口にはしなかったけどそれでも自分を許せなかった。

今、私ははっきりと心の中で思ってしまった――。

――でも私は詩織と違って生きられるけどね。


生きてるだけのマウント。

「嫌だ、もう……」

なんて情けない言葉だろうか。

健康で生きていること以外、私には価値がないと言っているようなものだ。

あまりにも愚かで、惨めな言葉だった。

「あっ……」

詩織についたリプライの中の一文が目に留まった。

以前に私にも詩織にも、酷い言葉を投げ続けてきたアカウントからだった。

そこにはこう書かれていた――。

『俺はお前と違ってこれからも生きられるけどな！　早く死ねよ！』

「一緒じゃん……」

私はこの人と同じだ。

私はこの誹謗中傷を繰り返している人と同じ精神性の人間なのだ。
「嫌……」
さっき走って逃げて来た時よりも、もっと消えてなくなりたくなった。
というか、消えなければいけないと思った。
こんなことを友達に一瞬でも思うなんて本当に最低な人間だ。
こんな自分が生きていて良かったなんて思える日が来るはずがない。
もう嫌だ。自分が嫌だ。
私は私を好きになることがどうしてもできない。
それでも無理に生きさせられるというのなら、私は今すぐ消えてなくなりたい――。
「死にたい……」
初めて、その言葉を口に出して呟いてしまった。

○

その週の土曜日、詩織のいる病院に来ていた。謝りたかったからだ。

直接何かをされた訳ではない詩織からしたらびっくりするだろう。私から急に謝られるなんて想像もしていないはずだ。でも自分自身、なんて言って謝ればいいのか、まだ頭の中で上手くまとまっていなかった。

――私は生きられると思ってしまってごめん。

そんな言葉を言うべきなのだろうか。いや間違っているはずだ。きっとこの謝罪も、私の自己満足に過ぎない。

頭の中の整理がつかないまま、詩織がいる病室の前にたどり着く。一枚のカーテンを隔てた先に詩織がいる。いつものお見舞いの時とは気分が違う。その薄いカーテンがとても分厚い鉄の扉のように思えた。

「陽菜、何してるの？」

その扉を開けてくれたのは詩織の方だった。

「あっいや……」

「カーテンから足見えてたよ、もしかして驚かそうとしてた？」

そう言って詩織が笑った。今日は前に来た時よりも随分気分が良さそうだった。それもまた無理に繕われたものかと思ったけど、そうではなかったみたいだ。

「……そういえば今日は陽菜に色々話したいことがあってさ」

詩織は言葉を続ける。

「ごめんね、この前は……」

「えっ？」

詩織が謝罪の言葉を口にした。なんでそんな言葉が飛び出してきたのか私には分からなかった。

「あんなに色々話して最後は泣いちゃってさ、陽菜のことも困らせちゃったよね」

「いや、そんな……」

私の方が先に謝るべきだったのに。そんなの本当に何も気にしていなかった。詩織が謝ることなんて何もないのに……。

詩織は言葉を続ける。

「……でもね、今度手術が決まったの。それがもしも上手くいけば全部良くなるかもしれないの。凄い難しい手術だし、この先大丈夫かどうかは、手術を始めてみないと分からないみたいなんだけど」

詩織がまた元気を取り戻した理由が分かった。でも、もしも上手くいけば、という言葉を詩織が使ったように、それほどに難しい手術なのだろう。

だけど希望の光が灯っているのは確かだった。今はその光に影を落とすようなことだけは口にしたくない。

「詩織、良かったね……」

「うん、良かった……、これで少しは……」

そう言いかけた詩織の肩は小さく震えていた。

「詩織……?」

詩織は、喜びに震えている訳ではなかった。

「でもそれで本当に分かっちゃうんだ。この先ちゃんと生きられるかどうかも……、それに手術自体凄い難しいから、そのまま目を覚まさないこともあるかもしれないって……」

「……」

「怖いね。今までは分からないのが怖かったけど、今は分かるのが怖い。上手くいくようにって、ずっと願っているけれど……」

「詩織……」

「お父さんもお母さんも友達も心配してくれているし、だから私も元気にならなくちゃって、病気になっちゃってごめんって、ずっと思ってたから……」

「詩織、そんなことないよ……」

気づけば私は詩織のことを抱きしめていた。必要のない謝罪の言葉を繰り返す詩織を放っておくことなんてできなかった。そして詩織の肩の震えを止めてあげたかった。

すぐには震えは収まってくれない。それどころか私にまで伝染してきそうだった。それでも力を込めて抱きしめる。私の想いが、少しでも詩織に届くように――。

「……大丈夫だよ、きっと上手くいく」

「陽菜……」

「……いや、必ず上手くいくよ」

神様お願いします。

「……私も祈っているから」

どうか、詩織の命を助けてあげてください。

「ひな……」

私は死んでも良いから、この子だけは救ってあげてください。

「……それに、一人じゃないよ」

――もしものことがあっても、詩織を一人にはさせないつもりだ。

「……私がいる」

「陽菜……」

詩織が死んだら――、

「詩織はどんな時も一人じゃないから……」

「うん……」

――私も一緒に死ぬよ。

「……だからきっと全部上手くいくよ」

「……ありがとう」

だってその方が、私も一人じゃないからさ。

○

後日、詩織は個室に移動することになった。手術のための準備のようだ。私が最後にお見舞いに行ったのは、個室に移動した最初の日だった。その日を境にお見舞いも家族だけに制限されるようになったので、その後もう詩織に会うことはできなくなった。

学校の中でも、家の中でもスマホを触っている時間が増えた。結局私はアカウントを削除しなかった。鍵アカウントにして今までのツイートを全部削除して、詩織の様子を追うだけのアカウントにしたのだ。

詩織のツイートは増えていた。思うことがたくさんあるのかもしれない。手術のことを綴ったツイートは、本当に多くのいいねとリツイートがついた。私もいいねを押した。本当にそう思っていて、詩織の手術が上手くいってほしいと心の底から願っていたから。

「水野さん」

突然声をかけられたのは、学校でお昼ご飯を食べ終えた後だった。そこにいたのは藤崎さんだ。

「今さ、ビオトープに水も張って、メダカとかも入れて少しずついい感じになってるんだけど、水野さんも久々に来ない？」

生物部の活動には、あの日以来行っていなかった。

「ごめん……」

今は行く気になれなかった。今は一人になりたかった。詩織のことで頭の中がいっぱいだったから。

その一言だけを言って黙ってしまった私を見て藤崎さんも何か察したようだった。

「分かった……、でも何かあったら言ってね」

そう言って私を一人にしてくれた。

何かあっても何も言えないのが私の悪いところだ。私からするとやっぱり藤崎さんみたいな人は私とは違う光の世界に生息しているように思える。別世界の人に相談することなんてできなかった。

詩織もきっと藤崎さんと同じ光り輝いた世界にいた。今無事に高校生活を歩んでいたら、絵に描いたような青春の日々を過ごしていただろう。私とは違って、この時間を大切に生きていたはずだ。そう思うとなおさら今の理不尽な状況を許せない気がした。

——なんで詩織なんだろう。私も詩織と同じことを思ったけど、その答えは出るはずがない。

家に帰っても気分は変わらなかった。でも親には不必要な心配をかけたくなくて、なるべくいつも通りに振る舞った。

でも部屋の中で一人になった途端、心の中が薄暗い闇に覆われる羽目になる。

またスマホを持つ。

Twitterを開く。

詩織が呟いていた。

たった四文字の、あまりにも純粋な想いが込められた言葉がそこにあった。


『生きたい』

私はその詩織のツイートに、精一杯の想いを込めていいねを押す。

○

『3日後に手術です。緊張して何もかも手につかないし頭も回りませんが、後は挑むのみです、頑張ります』

『頑張らなきゃ、きっと良い未来が待っているはずだから』

『手術は2日後。準備は万端。でも本当はまだ気持ちだけは追いついていません』

『不安だ、怖いなあ……』

『明日は手術。全てが決まる日。心が落ち着かない』

『家に帰りたいな』

『なんで私なんだろう？』

『今日が手術日です。どうか成功を願っていてください。無事戻って来られたらすぐに報告します。できなかったら……すみません』

『行ってきます！』

○

一日が、
一時間が、
一分が、

一秒が、酷く長く感じた。

一日の中で何度も時計を見た。何度もスマホを確認した。手術が無事に終わったらすぐに連絡すると詩織は言っていたから。

でも三日経っても詩織からの連絡はなかなか来なかった。Twitterで詩織のアカウントを何度も覗きにいったけど更新もなかった。

私はいてもたってもいられなくなって、こっちから直接メッセージを送った。

だけど一向に、詩織からの返信はなかった。

詩織の両親と連絡先を交換しておけば良かったと、後悔していた。


——四日が経った。

詩織のツイートは『行ってきます！』のままで止まっている。

ただ、そのツイートには新たにいくつかのリプライがついていた。

『大丈夫ですか？　心配しています』

『元気な報告待ってますね』

『どうか無事でありますように……』

多くの心配する声だった。

ただ、そのリプライにも詩織からの反応は何もなかった。

――五日が経った。

学校が休みの日は家の中でずっと詩織のことを考えてしまう。何かをツイートしようとしたけど、やっぱりやめた。今自分の胸の内側にあるものを外側には出したくなかった。どんな言葉が出てくるのか、自分でも怖かったから。

――六日が経った。

詩織のスマホにもう一度連絡をした。

やっぱり返信はなかった。

Twitter の更新もなかった。

――そして、一週間が経っても、詩織からの連絡は何もなかった。

○

まだ、何かが確定した訳ではない。

ただ、私の中では感覚的にあった。

この世界から大切なものが消えてしまったような感覚。

詩織からの連絡は依然としてないままだ。詩織が引っ越した後の家は分からないから、両親に直接連絡を取ることもできない。ましてや今の詩織の友達を探し当てる術なんて私にはなかった。私に残された手段は、実際に確かめることしかないと思った。

そして訪れたのは、詩織が入院している病院だ。一度だけ訪れたあの個室の部屋。こうやって来ることになるのは、詩織が元気になった時だと思っていたけれど。

「……」

――ただ、訪れなければよかったと、すぐに後悔した。

詩織がいたはずの病室は、付けられていたネームプレートも外されていて、既に空き部屋になっていたのだ――。

「詩織……」

私の予感は、やっぱり当たっていたみたいだ。

「……っ」

そのままそこに留まっていると、胸の中に溜まった何かが爆発してしまいそうで、逃げ出すように走った。

今はもう誰にも会いたくない。誰とも話したくない。何も確かめたくない。だってこれ以上はもう心が壊れそうになってしまう。

廊下を走って、階段を駆け上った先に待っていたのは屋上だ。

「はぁ、はぁ……」

無我夢中だったけど、あてもなく走っていた訳ではない。この場所を目指していた。最初からいざという時はここに決めていたのだ。

屋上には柵が設けられているけど、越えるのは不可能ではない。それなりの意志を持っていさえすれば飛び降りることはできるはずだ。それが詩織のいなくなった今、私に残された最後の選択だった——。

生きたい、とあれほど願っていた詩織が、私のこの行動を知ったらどんな反応をするだろう。軽蔑の目を向けられるかもしれない。

でも仕方のないことだ。私と詩織は違う世界に生きていた。詩織は元々、光の溢れる世界にいた。その生活が病によって奪われてしまったのだ。だからこそ病気が治った暁には、元の世界に戻りたいと思うのはごく自然なことだろう。

私は違う。

戻りたい場所なんてない。私の居場所なんて元々どこにもなかった。

今までもそうだった。人とのコミュニケーションが苦手だった。感情を表現するのが得意ではなかった。人が気にしないようなことを気にしてしまうし、いつまでも過去の後悔を思い悩んで、未来への不安を勝手に大きくしていた。精神的な自傷行為をいつまでも繰り返していた。

そして、ただ呼吸をして生きていることくらいしかアイデンティティがなくなってしまった。

その顚末が詩織へのマウントだ。私は生きているということだけで相手の上に立とうとした。愚かな行為だ。だからこそ、この死には償いの意味も込められている。

もちろん、死への恐怖はある。今でもそのことを考えるだけで指先が震えてくるし足がすくむ。

でもこの場所に立っているのは、それ以上の覚悟とどうしようもない苦しみがあったからだ。

痛みは一瞬だけど、苦しみは永遠に続く。

この長い苦しみは、『絶望』と名前をつけるのが相応しいだろう。

望みの絶たれたこの世界は、これから先を生きる気力を失わせてしまう。

だってこれから私が生きている間は、ずっと苦しくて辛いことが待っているのを暗示しているのだ。

それに明るい世界を生きていたはずの詩織ですら簡単に命を奪われてしまうのだ。

あまりにも理不尽で救いのない世界。

そんな場所で生きるのは嫌だった。

もう私はこの人生に耐えきれなかった。

死にたい、いや、生きていたくない——。

生まれてきて良かったなんて、生きていて良かったなんて、思える日は私には決して来ない——。

「生きる意味って……」

——なんだろう。

その答えは出ないままだ。

私のように願わなくても生きさせられて、詩織のように願っても生きられないのなら、生きる意味なんて本当にあるのだろうか。

最後に、詩織にも訊けばよかったかな。

いや、もうそんな答えなんて出なくていいと思った。

考えたくなかった。楽になりたかった。

もういい、全部。

ここへ全て終わらせに来た。

今日で終わりだ。

17歳の私にとってのビオトープはどこにも見つからなかった——。

「……」

足を一歩踏み出す。

柵に手をかける。

あと、もう少し――。


「――」


――でも、その時だった。

「水野さん！」

私の名前を呼ぶ声がした。

咄嗟《とっさ》に後ろを振り返る。

すると、そこには人生先生がいた――。

「人生先生……」

人生先生の表情はいつもとは全くの別物だった。

「……水野さん、話を聞かせてください。私はあなたとちゃんとした話をまだしていません」

「ちゃんとした話って……」

「あなたの心の声を、聞かせてください」

人生先生が真剣に語りかけてくれているのが、その一言だけでも分かった。

「……無駄ですよ、私なんかにかまわないでください。……もう決めたんですから」

私がそう言うと、人生先生はまっすぐに質問を向けてきた。

「どうやって決めたんですか？」

「どうやって……？」

私がすぐに答えられないでいると、人生先生が言葉を続ける。

「ちゃんと考え続けましたか、それとも考えることをやめてしまったのではないですか？」

「それは……」

その通りかもしれないけれど、今はもう決意が固まっているのは確かだった。

「……人生先生、私にビオトープを見つけてくださいって言いましたよね。生物部の活動に誘ってくれたのも色々心配してくれているんだなって分かっていました。……でも駄目でした。自分のビオトープを見つけられませんでした。私の生きる場所なんて、どこにもないんだと思います。……私は今までも一人で、これからもずっと一人ですから」

永遠に埋められない孤独がずっと胸の中にある。それは学校にいる時も、家にいる時も、そして詩織と一緒にいる時でさえも、完全に埋められることはなかった。

だけど、その言葉を吐き出した時、人生先生は私を見て言った。

「……孤独の辛さは分かります。だけどそうやって孤独を感じているということはあなたは一人ではないんですよ」

「どういうことですか……」

私が聞き返すと、人生先生は小さく頷いてから答えた。

「人は誰かが近くにいるからこそ孤独を感じるんです。完全な一人は孤独なんて感じません。孤独を感じるということは、裏を返せば、あなたの周りにはちゃんと人がいるということです。そしてそばにいるのは、そんな孤独を感じさせるような人たちだけではありません。もっと周りを見回してください、本当にあなたは一人ですか？　この世界は誰一人、あなたのＳＯＳを受け取ってはくれませんか？」

人生先生は、言葉を続ける。

「まずは見てください、そして考えてください、考えるのを最後までやめないでください。ちゃんと周りに目を向けて、ＳＯＳを発信して、それで考えに考え尽くした後で、それでも自分はまだ一人だと思いますか？　そして死を選びますか？」

「……」

私が何も答えられないでいると、人生先生はこう言葉を続けた。

「……だとしたら、その時は私も一緒に死んであげますよ。私にも死にたいくらいの後悔が過去にありますから」

「死にたいくらいの後悔……」

人生先生にもそんな後悔があったなんて知らなかった。私はまだ人生先生のことなんて何も知らないのだ。

でも私以外にも絶望を感じている人が存在していたことに、ほんの少し救われる気持ちはあった。それだけで、私は一人ではないと思えたから。

「ありがとうございます、人生先生……」

「水野さん……」

——だけど今は、人生先生がぶつけてくれた言葉を、まっすぐに受け入れられない自分がいる。

「……でもだめなんです。……私は最低な人間なんです。自分が重い病気だとか、本当に辛い目に遭ってる訳でもないのに、毎日の辛いこととか、どうすることもできない不安を勝手に考えて、こんな些細なことで苦しくて何度も死にたくなるんだもん。もう生きてる価値なんてないよ……」

想いを吐き出した。

苦しかった。

毎日が辛かった。

でも他の人からしたら、こんなの鼻で笑ってやり過ごせることなんだと思う。

そう思うとますます自分が嫌いになった。こんな苦しみさえ乗り越えられない自分が、本当に嫌いだった。悪いのは全部私で……。

「そんなことありません」

人生先生は首を横に振ってから、私の瞳をまっすぐに見つめて言った。

「そんな風に他の誰かと苦しみの大小を比べて、自分はこんなことで辛く感じてはいけないと我慢する必要はありませんよ」

「でも……」

「だってそんなことをしてしまったら、また他の誰かも自分の苦しみを違う人の苦しみと比べて我慢しなければいけなくなります。それを最後まで続けていった先には、本当に苦しくて辛いと言っても許される人間は、この世界で一人だけになってしまいませんか？」

「それは……」

「そんな世界は間違っています。そもそも水野さんは、あなた自身の世界を生きているはずです。だからこそ、水野さんの苦しみは、あなたの世界で一番大きなものと捉えていいんです。あなたの苦しみは、世界の苦しみと思っていい」

「私の苦しみは、世界の苦しみ……」

その言葉が、私の心の奥底にじわっと染み込んでくる。

そう思ってもいいと許されたことに救われている自分がいた。

そして人生先生は、空を仰ぎ見てから話を続ける——。

「それにしても、こんなにも苦しいことばかりの世界で生きる意味って何なんでしょうね。私にもまだその答えは分かりません。だからこそ、生きていればいいことがある、なんて簡単には言いませんよ……」

人生先生が、もう一度私の瞳を見つめる。

「それに私がその答えが見つからないのも、それでいいと思っているからかもしれません。だって生きる意味がないと生きてはいけないなんて思いたくはありませんからね。人はただ、生きるだけでもいいんだと思います。それでふとした時に生きていて良かったと思える日が来ればそれでいいんだと……」

人生先生が、言葉を続ける。

「ただ、それでも水野さんがこの世界に生きていたくないとどうしても思ってしまうのなら、あなたに必要なものは『希望』かもしれません。この世界がどうしようもなく辛く感じてしまうのは、未来にほんの少しも希望が持てずに絶望しているからでしょう。あなたは過去に囚われて、今までも辛いことばかりだったからこそ、これからの未来もどうせ暗くて苦しいものだと思い込んでしまっている。……でも、そんなことは決してありません。明かりの一つもないように思える暗闇の中にも、きっと光はあるんです」

言葉を、続ける――。

「――それこそが『希望』です。まだこれから未来ある十七歳のあなただからこそ、私はこの言葉を伝えたいと思いました。そして、本当にほんの少しの希望があれば人は生きることができるんです。その希望があなたにとって、誰か大切な人なのか、大事な居場所なのか、それとも夢なのか、想いなのか、はたまた想像もしていないものなのか、それはなんだってかまいません。あなたにとっての希望は必ず存在しますし、もしもまだ見つけられていないとしたら、これからきっと、いつかどこかで出会います。だからこそ、生きていて良かったと思える日はこれから必ず来るはずなんです」

「人生先生……」

人生先生の言葉が、少しずつ私の中に入ってきていた。

私と真剣に向き合ってくれているのが分かった。

こんなことを言ってくれた人は、今まで出会った人の中にはいなかったから――。

そして人生先生は、いつものように穏やかな顔をして言葉を続けた。

「水野さんが生きていて良かったと思える瞬間は、今日というこの日にも、きっと訪れるはずですよ」

「えっ……」

その言葉だけはすぐに受け止めることはできなかった。今日すぐに生きていて良かったと思えるなんて、私には想像できない。

それでも人生先生は、何も揺らぐものがないように私の瞳をまっすぐに見つめて言った。

「水野さん、少し、ここで待っていてください」

人生先生はそう言ってから階段を降りると、幾分もしないうちに戻ってきた。

「えっ……」

私はまた驚きの声を漏らしてしまった。

人生先生の後ろには、私がずっと会いたいと願っていた相手がいたから——。

「詩織……」

そこにいたのは、詩織だった——。

詩織が車椅子に乗っていた。

一体何が起こっているのか分からない。

詩織が自分で車椅子を動かして、私の目の前にやって来る。

夕日はもう沈みかけていて、半円へと姿を変えていた。

そして茜色の光に、詩織の姿が重なる——。

「詩織……、なんでここに……」

私はその存在を確かめるように、もう一度名前を呼んで尋ねた。

「陽菜……」

すると詩織も、私の存在を確かめ返すかのように名前を呼んでくれた。

詩織しか呼んでくれない、私の名前——。

「……手術、成功してたんだ」

「詩織……」

「……でもずっとスマホ触るような状態になれなくてさ」

「そうだったんだ……」

「その後また病室の移動とかもあって、こんなに遅くなっちゃった……」

「あぁ……」

「報告が遅れてごめんね、陽菜……」

「良かった……」

その後の言葉は、自然と出てきた──。


「──生きていて良かった」


詩織が、生きていて良かった──。

本当に、純粋に出てきた言葉だった。

心の底からそう思っていた。

それと同時に瞬間的に涙が溢れ出てきた。

感情が揺れて、心が震えて、爆発したかのようだった。

驚きの涙なのか、嬉し涙なのか、その正体は分からない。

でも今日という日に心の底からそう思えたのだ。

——生きていて良かった。

詩織が生きていて本当に良かった——。

人生先生は、このことを言っていたんだ。

私は知らなかった。

こんな未来が待っていたなんて……。

気づけば、目の前の詩織も一緒になって泣いていた。

「……泣かないでよ、陽菜。いいことなんだから」

「……いい時にも涙は出るんだよ、すっごいいい時は」

「……それなら仕方ないよね、私も一緒だから」

詩織の涙が、綺麗に地面にこぼれ落ちる。

「……でも良かった。本当に良かった。……詩織が生きていて良かったよ」

「私も手術が終わった後、本当にそう思ったよ……。でも、陽菜も生きていて良かった。ツイートを見ていてずっと心配だったから……」

その発言は、私にとって驚きだった。あのアカウントが私だって気づいていたなんて知らなかったから。

「……私がTwitterやってるの知ってたの？」

「気づかない訳ないよ。ランチでしょ？　あの時飼ってた金魚のらんちゅうの名前がランチだったし」

「……同じ生き物係だもんね」

その通りだった。私のランチという名前の由来はそこから来ていたのだ。詩織にしか分からない私の名前を詩織が見つけてくれたのだ。

「……陽菜は私のことを気遣ってそういう話をしてくれなかったから心配でさ、手術前、陽菜と同じ高校の人にＳＮＳで連絡を取ってみたの。来栖さんとか、藤崎さんに」

「そうだったんだ……」

私は知らなかった。でも人生先生の方を振り向くとこくりと頷いてくれた。きっと二人が人生先生にも相談してくれたのだろう。そして今この状況が生まれたのだ。

「詩織……」

でも最初に私のＳＯＳを見つけてくれたのは詩織だ。

この世界に一人ぼっちでいた私を見つけてくれたのは詩織だった。

それから来栖さんや藤崎さんや人生先生が、私のことを救ってくれたんだ。

「ありがとう……」

私がその言葉を呟いた時、人生先生がそばにやって来て、最後にこう言った。

「……生きていて良かったとまだ自分には思えなかったとしても、他の人に思えるだけで充分だと思います。だって水野さんは今、この世界に生きることが良いことだって、ほんの少しでも思えているんですから。……でもこれからは、一之瀬さんのような他の人に生きていて良かったと思えたように、いつか自分にもそう思えるようになってください。自分に優しくしてあげてください。そしてその優しさを、その温かさを、その想いを、水野さんはこれからも大切にしてください。あなたのそばにいる大切な人たちと共に――」

「はい、人生先生……」

私は人生先生の言葉をまっすぐに受け止める。

「――ありがとうございます」

今日、人生先生が教えてくれたことは、明日からの私にとって何よりも大切なことだった――。

エピローグ　人生のビオトープ

「はい、そのまま二人とも空を見つめて、それからお互いに向き合って……うん、いいね。ほら葵もマイクちゃんと向けて」

「……ねえ、もうそろそろ時間だから行こうよ」

隣で動画撮影をしていた梨花に言った。梨花がカメラを向けていたのは葉山さんと水野さんだ。私を含めてみんな人生先生に呼ばれていた。でもこの四人が集まった途端、梨花が始めたのはとある撮影だった。

「……私で本当にいいんですか？」

「いいのよ、来栖さんが水野さんを選んだんだから。それに少しモンシロチョウみたいな雰囲気あるし」

「モンシロチョウ……」

水野さんは戸惑っているが、葉山さんは随分落ち着いていた。ただそのフォローの言葉はいまいちしっくりきていないようだ。

「そう、水野さんがいいの！　二人の雰囲気がぴったりなの。これなら岩井《いわい》俊二《しゅんじ》監督の『花とアリス』みたいな作品にきっとなるはずだから！」

撮影といっても梨花が撮っていたのは、ＳＮＳにアップする用のものではない。写真好きが高じたのか、高校生のうちに映画を撮りたいと言い始めたのだ。それもその意志はとても固いようで研究のためにかなり映画を観ているらしい。梨花はＳＮＳの更新と同様、好きなことへの情熱が凄いのだ。その中でもハマっているのが岩井俊二監督の作品だった。

「鈴木杏《すずきあん》が水野さんで、蒼井優《あおいゆう》が葉山さんって感じかな！　映画の中だとさ、蒼井優が紙コップを足にはめてトウシューズ代わりにしてバレエを踊るシーンが本当に名シーンなんだよねえ……、葉山さんもバレエとか踊れたりしない？」

「踊れる訳ないでしょ」

「えー踊れそうな顔してるのに」

「そんな顔してない」

「まあそこは私がなんとかするか。岩井俊二監督ばりの光がバーッと入ってくる感じの画作《えづく》りしちゃうからさ」

「光がバーッ……」

そう言葉を繰り返したのは水野さんだった。伝わっているのかいないのかは分からなかったけれど、友達の輪の中に水野さんがいるのはとても素敵な光景に思えた。

水野さんはあれから毎日学校に来ている。私たちや、生物部の人たちと一緒に過ごすことが多かった。幼馴染の一之瀬さんとも頻繁に連絡を取っているらしい。一之瀬さんは最近退院した。もっと元気になったら一緒に出かけて海に行くと言っていた。それから大学も同じ学校を目指しているらしい。お互いにとって励みになっているに違いない。

「虫が光に集まる習性って色々な説があるらしいんだよね。紫外線がほとんど含まれないL

ＥＤには虫もあまり寄ってこないみたいだけど」

光と聞いて虫の話題を出したのは葉山さんだ。葉山さんは相変わらず生物部での活動を続けている。でも前よりも私たちと過ごすことが多くなった。梨花とは正反対の性格だけど、ウマは合うみたいだ。葉山さんも既に進路は決まっていて、農業大を目指すと言っていた。

「はぁ……」

こうやって考えてみると、私だけが進路が決まっていない。思わずため息が出てしまう。

私と同じ状況だったはずの梨花も、既に映像関連の学校に行きたいと宣言していた。

今は高校二年の夏。進路はまだ先の話かもしれないけど、それでも焦る気持ちは湧いてくる。

私は他の人に比べて特別好きなことや興味があることがない。どうすればいいのだろうか。

そういう進路のことも、人生先生に相談してみるのがいいだろうか……。

——その時、ある人が私たちのそばにやってきた。

「はぁ……」

人生先生かと少し期待したけど違った。

「なに連続でため息ついてるんだよ、もうみんな集まってるぞ」

そこに立っていたのは、進路の岐路に立たされている三年の坂東先輩だった。

○

坂東先輩と一緒に私たちも中庭まで来ると、既に生物部の生徒たちが集まっていた。こうやって私たちが一堂に集められたのも理由がある。奏杜高校のビオトープが完成を迎えたのだ。全員が集まるのは久々だった。

手作りの池にはメダカが泳いでいる。タニシもヌマエビもいる。あたりの緑も以前より生い茂っていた。夏に最盛期を迎えて秋にはトンボが外部からやってくると理想的だと人生先生は言っていた。そうやってこのビオトープは刻々と形を変えていくのだろう。そしてその場所に、人生先生が姿を現した――。

「みなさん、今日はわざわざお集まりいただきありがとうございます。とうとうこの日が来ましたね」

人生先生はいつもと変わらない様子だった。いつでもニュートラルなままでいるのが人生先生なのだ。

「今日は一旦のビオトープ完成の日となります。一旦、とつけたのは、始まりでもあるからです。これからこのビオトープでさまざまな生き物の生活が始まり、新たな生き物が生まれたり訪れたりすることで、この小さな世界は続いていくことになります」

私が思っていたことと同じことを人生先生も言ってくれて嬉しいはずなのに、今は素直に受け止められなかった。

みんな人生先生の話を充実した表情で聞いている。こんな時でも周りのことを気にしてしまうのは、私だけが他のみんなと比べて成長していないからだろうか。さっきの考え事がやっぱり頭の中にある。私はこれから大丈夫だろうか……。

――そんなことを考えていると、まるで人生先生が私の不安な気持ちに答えてくれるかのように言葉を続けた。

「ビオトープは、さまざまな生物の生きる場所です。しかしビオトープはここにいるみなさんにもそれぞれちゃんとあるはずなんですよ。例えばこの学校もそうですし、家庭もそうです。他にも習い事やアルバイト、地域の集まりなどさまざまなコミュニティが該当します。またもっと広く目を向けてみると、この町も、この社会も、そしてこの地球も、宇宙も、いわばビオトープといえます。つまりあなたたちのこれからの世界は、無限に広がっているんですよ」

人生先生の言葉が、青く晴れ渡った空によく響いた。

そしてそのまま人生先生が両手を広げて言葉を続ける。

「だからこそこの広い世界のどこかに、小さなものでもいいからあなたの居場所を見つけてください。あなたにとってのビオトープを見つけてほしいんです。そしてそこで大切な誰かとの関係性を築いてください」

「人生先生……」

その言葉を聞いて、私は私にとってのビオトープを見つければいいんだと思えた。

そしてそこで大切な誰かとの関係を築く。

今はそれをこれからの人生の目標の一つにしよう。

また自分でも考えて新しい目標を見つけたいと思った。

きっとその方が人生先生も「素晴らしいことですね」と言って褒めてくれるはずだから。

「そんな居場所さえあれば、あなたたちはどんな時も一人ではありません。でも居場所がなかなか見つからなくても、決して一人で悩まずに周りを見渡してください。何かあったらこの場所に来てください。きっと、私はここにいますから……」

そして人生先生は、この場所にいてくれるのだ。

私たちの、居場所に――。

「……俺さ、受験勉強で悩んだらまたこの場所に癒されにくるよ。人生先生に会いに」

坂東先輩が笑って言った。

「やっぱり人生先生良いこと言うよね。そういうセリフを私も自分の作品の中に入れたいなあ」

梨花も笑って、それから少しだけ悩むように言った。もう新たな構想を練っているに違いない。

「人生先生、私もビオトープを見つけられるように頑張ります」

水野さんが、微笑んで言った。これからもまっすぐ大切に日々を過ごすのだろう。

「あの……」

次は私の番だ。

伝えたいことがあまりにも多くて、どれから言えばいいのかも分からなくなる。

だから私は純粋に出てきた言葉をそのまま口にした。

「……人生先生、ありがとね。変なこと言うけどさ、私、人生先生と出会って前とは周りの世界の見え方が変わった気がするの。もっと自分でも色んなことをちゃんと考えてみようと思ったし、それから自分なりの答えを出そうと思った。どんな時も考えるのをやめないで、精一杯頑張るよ。だからそういうことをたくさん教えてくれてありがとう、人生先生……」

上手く言葉がまとまらなかった。

だけど言いたいことは言えたつもりだ。

——人生先生。

誰が最初に人生先生と呼び始めたんだろう。

私は「先生」がついた由来を知らない。

いつの間にかそう呼ばれていた。

この奏杜高校に来てからだろうか。

もしくはそれよりも前からそう呼ばれていたのだろうか。

本当の先生のように、もっと色んなことを教わりたいと思う。

私に考えることの贅沢さを教えてくれたのは、人生先生だったから――。

「……お礼を言うのは私の方ですよ。私もあなたたちから大切なことをたくさん教わりましたから。皆さん、本当にありがとうございます」

その後に人生先生はポケットに手を差し込んでから、お決まりの言葉を続けた。

「……でも、私は先生ではありませんよ」

そしてブラックサンダーを、そっと取り出す。

「――ただの甘いもの好きな校務員です」


小さな命が織りなすビオトープの前で、人生先生が笑ってそう言った――。

本書は書き下ろしです。
原稿枚数359枚（400字詰め）。

〈著者紹介〉

1988年千葉県生まれ。東洋大学社会学部卒業。2011年、函館港イルミナシオン映画祭第15回シナリオ大賞で最終選考に残る。2015年、『海の見える花屋フルールの事件記　～秋山瑠璃は恋をしない～』（TO文庫）で長編小説デビュー。以来、千葉が舞台の小説を上梓し続ける。他の著書に『さよならの向う側』（マイクロマガジン社）、『旅立ちの日に』（中央公論新社）などがある。

17歳のビオトープ

2023年11月20日　第1刷発行

著　者　清水晴木

発行人　見城 徹

編集人　菊地朱雅子

編集者　茂木 梓

発行所　株式会社 幻冬舎
〒151-0051 東京都渋谷区千駄ヶ谷4-9-7
TEL　03-5411-6211（編集）
03-5411-6222（営業）
公式HP：https://www.gentosha.co.jp/

印刷・製本所　中央精版印刷株式会社

検印廃止

ISBN978-4-344-04197-4 C0093

この本に関するご意見・ご感想は、下記アンケートフォームからお寄せください。
https://www.gentosha.co.jp/e/